EL CASO DEL DIVORCIO ASESINO

MISTERIOS DE JAMIE QUINN LIBRO 2

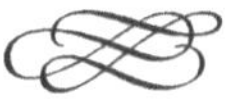

BARBARA VENKATARAMAN

Traducido por
ALICIA TIBURCIO

AGRADECIMIENTOS

Por todo su apoyo, consejo y entusiasmo, quiero agradecer a todas mis "chicas lectoras:" Janet, Jaya, Jodi, Joette, Leslie, Linda, Myra y Nanette.

CAPÍTULO 1

"CON EL DEBIDO RESPETO, SU SEÑORÍA..." INTERRUMPÍ, desesperado por mantener a mi cliente fuera de la cárcel. Sabía que no debía discutir con un juez, pero aun así, tenía que intentarlo.

"Abogado", dijo el juez Marcus, claramente molesto. "Todos sabemos lo que significa 'con el debido respeto'... significa que usted cree que estoy totalmente equivocado. He tomado mi decision. Srta. Quinn, *esta audiencia ha terminado*".

El juez se levantó y salió de la sala con la toga negra ondeando a su paso. Dejaba claro que había terminado de hablar... al menos él.

Dios, odio ser abogado, pensé, no por primera vez. Mi cliente, Becca Solomon, estaba sentada a mi lado con cara de preocupación y confusión. No tenía ni idea de lo que acababa de pasar, pero sabía que era malo.

Giré mi silla para poder mirarla. "Lo siento, Becca, el juez rechazó nuestra moción. *Eso significa que tienes que dejar que Joe se lleve a los niños el viernes. Si te niegas, el juez te* declarará en desacato y podrías acabar en la cárcel. No está contento contigo... y yo le caigo aún peor".

Mi clienta se cubrió la cara con las manos y empezó a llorar, con los hombros temblando y la cabeza gacha, tratando de cerrar un mundo que, en su mente, se negaba a proteger a sus hijos. Saqué un pañuelo de mi bolso y se lo ofrecí. Los abogados especializados en divorcios siempre tienen pañuelos a mano: es una herramienta del oficio que no se aprende en la facultad de Derecho. Tampoco se aprende lo desgarrador que es ejercer el derecho de familia.

Después de respirar profundamente, Becca recuperó el control. Miró a su alrededor para asegurarse de que Joe y su abogado se habían marchado. Desde su llegada al juzgado, su aspecto había cambiado drásticamente, pasando de ser una estudiante de posgrado bien arreglada a una fugitiva con los ojos desorbitados y despeinada, lista para salir corriendo.

Ya había visto esa mirada atormentada antes. Me llamo Jamie Quinn y después de diez años de ejercer la abogacía, lo he visto todo. Uno no pensaría que un pueblo dormido como Hollywood, Florida, tendría mucho drama, pero así es. El juez que me tomó juramento me había advertido, diciendo: 'Nunca creerás lo que pasa entre cuatro paredes', y tenía razón; es increíble. Por ejemplo, mi cliente, Carol (*por favor, llévatela; me harías muy feliz*). Ella y su marido son adinerados, tienen éxito en sus respectivas carreras y se visten como si estuvieran posando para una revista de moda, pero se pelean a gritos delante de sus hijos y se echan jarras de refresco encima. Luego estaba la pareja vengativa -olvidé sus nombres- que se turnaba para vivir en el hogar conyugal, aumentando los daños en la casa cada vez que cambiaban, sólo para cabrearse mutuamente. Empezaron cuando el marido quitó todas las bombillas y los accesorios, y terminaron cuando la mujer quitó todos los lavabos y los inodoros. Me imaginé que acabarían matándose el uno al otro, como Kathleen Turner y Michael Douglas en "La guerra de las rosas", pero me equivoqué. Se volvieron a casar.

Volví a centrar mi atención en Becca Solomon, que estaba en plena crisis. Recuerdo la primera vez que entró en mi despacho. Pensé que parecía una modelo: Una rubia escandinava con ojos azules muy abiertos y una pizca de pecas en la nariz que la hacían parecer menor de veinticinco años. Era educada y equilibrada, y era una testigo convincente. Al menos eso es lo que yo pensaba. Al parecer, el juez Marcus no estaba de acuerdo.

La historia de Becca no era inusual: había conocido a un chico nuevo y quería salir de su matrimonio. Su error fue asumir que sería fácil. Divorciarse no es como cambiar de banco o despedir al chico de la piscina, es mucho más complicado, especialmente cuando se tienen hijos. Y aunque el nuevo amor es maravilloso y romántico, no es la vida real. Al final, alguien tiene que pagar las facturas, levantarse con el bebé y sacar la basura. No quiero decir que una persona nunca deba empezar de nuevo, sólo digo que "nuevo" no siempre significa "mejorado". Todo el mundo que conoces tiene un bagaje emocional, incluso yo. Honestamente, si tuviera más agallas, podría empezar una nueva vida.

Pero, volviendo a Becca, lo único que quería era el divorcio y la custodia principal de sus dos hijas pequeñas y, por supuesto, la manutención de las mismas. También la pensión alimenticia y los honorarios de los abogados y la mitad de los bienes del matrimonio. Y una última cosa: quería seguir viviendo en su casa palaciega con sus hijas, además de traer a su novio, Charlie Santoro. Si tan sólo su marido, Joe, no estuviera causando tantos problemas. Sé que eso la hace parecer egoísta y horrible, pero, para ser justos, Florida es un estado sin culpa, lo que significa que si quieres un divorcio, lo consigues, y cosas como la infidelidad no importan en absoluto. Los tribunales tratan el matrimonio más como una sociedad financiera. La pérdida de bienes siempre se considera relevante, pero tu estado emocional, no tanto.

Decir que Joe estaba enfadado es como decir que el huracán Katrina fue sólo una leve brisa. Y no ayudó que el nuevo amor de Becca, Charlie, solía ser amigo de Joe. Dicen que los abogados penalistas ven a la gente mala mostrando su mejor actitud y los abogados de divorcios ven a la gente buena en su peor momento, y es cierto. Joe parecía un tipo bastante decente, pero pasaba mucho tiempo tratando de castigar a Becca. Su amenaza favorita era que le quitaría a las niñas.

Becca por fin se había calmado cuando el alguacil del juez, Harold, empezó a señalar su reloj.

"Odio echarte, Jamie, pero tenemos otra audiencia en camino".

"Me han echado de sitios mejores que este", bromeé mientras recogía mi maletín.

Harold se rió de su comentario e incluso Becca sonrió un poco. Nos pusimos de pie y nos dimos la vuelta para irnos justo cuando Joe volvió a entrar en la habitación, con cara de satisfacción.

"Será mejor que te acostumbres a esto, Becca", dijo, con una mueca que distorsionaba su cara de niño. "Porque cuando el juez se entere de lo tuyo, me va a dar la custodia."

Becca lo miró fijamente, fría como el hielo. "Si intentas quitarme a mis hijas, juro por Dios, Joe, que te mataré".

CAPÍTULO 2

"¿Tengo que llamar a seguridad?", preguntó el alguacil, señalando con el dedo a Becca y Joe. Harold debía tener al menos setenta y cinco años, pero era un policía retirado y no iba a aguantar ninguna tontería de esos dos. Tenía un juzgado que dirigir.

Le grité a Becca que no se metiera con Joe, luego la tomé del brazo y la arrastré hacia la puerta. El proceso de divorcio puede ser tan desagradable. A menudo me pregunto por qué estudié derecho para acabar siendo una niñera glorificada. De hecho, me tomé un descanso de la abogacía hace unos dos años, cuando mi madre murió de cáncer. Estaba tan destrozada que, incluso después de seis meses sin hacer nada, no conseguía recomponerme. Hizo falta que mi primo autista, Adam, fuera acusado de asesinato para sacarme de mis casillas. No sólo salí por fin de mi casa, sino que también abandoné mi zona de confort, lo que fue un poco aterrador. Emocionante, pero aterrador. A decir verdad, no podía esperar a hacerlo de nuevo.

Mientras empujaba a Becca hacia los ascensores centrales en el centro del juzgado, fui consciente de la extraña pareja que formábamos, ella con su belleza nórdica, de al menos 1,70 metros antes de ponerse los tacones, y yo, de 1,70 metros si me mantenía erguido, de piel olivácea de herencia desconocida y con un pelo oscuro y rizado que se negaba a cooperar. En el ascensor, aconsejé a Becca que no debía dejar que Joe la afectara; que estaba intentando hacerla enfadar y que le estaba dando lo que quería.

"Pero, Jamie", dijo, con los ojos rebosantes de lágrimas, "¡estamos hablando de mis hijas! Si no las protejo yo, ¿quién lo hará?".

"Entiendo que estés preocupada, pero todo va a salir bien. Las niñas tienen derecho a tener a su padre en sus vidas. Si se pasa de la raya, el juez será duro con él. ¿Llevas un registro de todo lo que pasa, como te dije?"

Ella asintió en silencio. El ascensor había llegado al vestíbulo y la gente intentaba entrar a empujones antes de que pudiéramos salir. *¡Qué bien!*

Le di una palmadita a Becca en el brazo, tranquilizándola. "Ahora tengo que pasar por la oficina del secretario, ¿vale? Hablaremos pronto. ¿Puedes encontrar el camino de vuelta a tu coche?"

Becca volvió a asentir. Su rostro pálido se veía sobrenatural bajo las luces fluorescentes. Mientras se alejaba, ajena al bullicio de la gente que la rodeaba, tuve de repente un mal presentimiento sobre ella, pero me encogí de hombros.

¡Basta, Jamie! Lo próximo que harás será comprar cartas de Tarot y una tabla de Ouija...

Volví a subir a la oficina del secretario para discutir sobre unos papeles perdidos.

CAPÍTULO 3

ME RESULTABA EXTRAÑO VOLVER A MI OFICINA DESPUÉS DE haberme tomado tanto tiempo libre. Mientras estuve en pausa, nunca estaba segura de qué día era, pero de todos modos no importaba, ya que no tenía ningún lugar donde estar. La verdad es que casi no salía de casa -la casa que me legó mi madre- a no ser que tuviera que hacerlo, pero ahora me sentía bien al tener una razón para levantarme cada mañana y gente que me necesitaba, aunque echaba de menos tener un calendario muy abierto. Había tantas posibilidades en esos espacios en blanco. Pero nunca las aproveché.

No me malinterpreten, estaba bastante estresada lidiando con la muerte de mi madre, pero era un tipo de estrés diferente. En aquel entonces, estaba completamente ensimismada en mi dolor; ahora, estaba estresada porque todo el mundo quería algo de mí. Hablando de estrés, permítanme presentarles a Lisa. Es la recepcionista de nuestra oficina compartida y una nueva incorporación, contratada mientras yo estaba fuera. Debo decir que es un desastre. Lisa es muy dulce, pero no es la bombilla más brillante del candelabro. Eso no me molesta tanto como su tendencia a llorar en cuanto algo va mal. También llora si cree que algo *puede ir mal.* Y a veces llora cuando habla con su prometido por teléfono. Tengo un límite de paciencia, que debo reservar para mis clientes. No es suficiente para cubrir también a Lisa.

Uno pensaría que mi contacto con ella sería limitado, ya que todo lo que hace por mí es tomar los mensajes telefónicos y entregarme el correo; ni siquiera tiene que abrirlo. Sin embargo, de alguna manera, sigo siendo objeto de sus lágrimas al menos una vez al día. Antes de que concluyas que la pobre chica debe estar deprimida, te diré que lo he considerado, pero ella no *actúa* deprimida; parece estar bien. Estaba desconcertada por Lisa hasta que leí un artículo sobre los adultos que siguen utilizando mecanismos de defensa de la infancia para afrontar sus problemas. Ah, ¡eso lo explica! Ahora, si pudiera encontrar un artículo sobre cómo hacer que deje de llorar.

Estaba de vuelta en mi escritorio después de mi dura mañana con Becca. Odiaba perder en los tribunales, todos los abogados lo hacen, pero me lo tomo a pecho. Se podría decir que me obsesiono con ello, lo que no ayuda en nada a mi insomnio crónico. Supongo que necesito *algo* en lo que pensar cuando me levanto a las tres de la mañana, pero seguro que esas no son horas facturables.

Llamaron a la puerta de mi despacho y se oyó una risita.

"Entra."

"Hay alguien que quiere verte, Jamie".

Lisa parecía más feliz de lo que nunca la había visto, con los ojos brillantes y un rubor que resaltaba sus redondas mejillas. Incluso su pelo parecía más arreglado. Miró por encima del hombro y volvió a reírse.

"¡Dijo que su nombre es *Marmaduke!*"

"Así es, cariño, Marmaduke Broussard, Tercero, a su

servicio." Duke le dedicó una sonrisa a Lisa, luego entró y se sentó.

"Jamie, ¿por qué no me dijiste que tenías una recepcionista tan sexy? Habría venido antes", dijo Duke.

A Lisa le sobrevino un ataque de risa y rubor.

Me reí. "No debes tratar de conquistar al personal, Duke. Además, Lisa no está disponible, está a punto de casarse."

"¡Excelente!" Dijo Duke. "Pero si cambias de opinión, querida', házmelo saber". Le guiñó un ojo de forma lasciva.

Le hice un gesto para que se fuera y Lisa cerró la puerta de mala gana.

"Me sorprende que no recibas palizas de novios celosos a diario", dije, sonriendo a mi antiguo cliente, ahora amigo. Había rescatado a Duke de su enfadada ex mujer y me había ayudado mucho cuando mi primo Adam tuvo problemas.

"Mientras pueda correr más rápido que ellos, estaré bien", bromeó.

Duke tenía un don de gentes, y por eso se había casado tres veces. Tenía muy buen aspecto para un tipo que se pasaba todo su tiempo libre bebiendo en un bar llamado "Nueva Orleans. Imagínate un tipo pirata, de unos treinta y cinco años, con el pelo castaño hasta los hombros, una dentadura perfecta y unos risueños ojos verdes. Siempre llevaba un collar de dientes de tiburón y sus botas de cocodrilo favoritas. Seguro que lo has visto. Como investigador privado, se mueve mucho.

Aparté la pila de expedientes de mi mesa para que pudiéramos vernos. Además, con los archivos fuera de la vista, no tenía que sentirme culpable por el trabajo que no estaba haciendo.

"¿Tienes alguna noticia para mí, Duke? ¿O sólo has venido a coquetear con nuestra recepcionista?" Me burlé.

"¡Ay, Jamie! Sabes que vengo a verte. En realidad, esperaba que me invitaras a comer, me muero de hambre".

"Claro, me encantaría salir de aquí. ¿Te gusta la comida tailandesa? Hay un nuevo lugar a unas cuadras". Tomé mi bolso.

"Suena genial", dijo, empujando su silla hacia atrás para ponerse de pie. "Y ya que estamos allí, puedo hablarte de mi brillante trabajo de detective".

"¡No me digas que sabes dónde está mi padre!" No pude evitar que la emoción saliera de mi voz.

"Invítame a comer y lo descubrirás".

CAPÍTULO 4

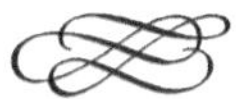

"¿Por qué eres tan malo?"

Nos dirigimos a *Prueba Mi Thaii* en mi Mini Cooper y Duke no quiso responder a ninguna de mis preguntas.

"¿Por qué eres tan impaciente?", replicó. "Estaremos allí en unos diez segundos. Hombre, espero que tengan 'Camarones Saltarines' y entonces espero que esos tontos salten directamente a mi boca. Te veo reír por allí, crees que soy gracioso".

"Mientras te diviertas, es lo único que importa", dije, aparcando el coche. "Vamos, Sr. Hilarante".

La comida salió poco después de que pidiéramos y nos metimos de lleno en ella. "Empieza a hablar, Duke", dije. "O *me invitas* a comer".

Duke inhaló profundamente. "Esta cosa huele tan bien como sabe, ¡y es condenadamente picante también! Buena elección". Me dedicó una sonrisa malvada mientras devoraba su comida.

Podía ver que estaba planeando alargar esto.

"¿Te has fijado en la decoración?" Pregunté. "Cómo todos

los cuadros de la pared están hechos con corbatas de seda... ¿no es divertido?"

"Seguro que sí. ¿Vas a comer ese rollo primavera?"

Sacudí la cabeza y se lo entregué. "¿Qué corbata es tu favorita, Duke?"

Miró a su alrededor, "No sé, tal vez esa naranja, parece un buen objeto para estrangular", dijo, riendo. "¿Por qué lo preguntas?"

"Porque esa es la corbata con la que te voy a estrangular si no me dices algo pronto."

Duke empezó a reírse tan fuerte que pensé que se iba a atragantar con la comida. "Deberías ver tu cara, Jamie, no... espera, aquí vamos..."

Antes de que supiera lo que estaba haciendo, Duke me había hecho una foto con su teléfono. Me la enseñó y yo también empecé a reírme. Jugueteó con el teléfono durante un minuto y luego dijo: "Ya está... ahora, cada vez que me llames, aparecerá esa foto. Me muero de ganas".

Me limpié los ojos; la risa y las comidas picantes siempre me afectan. "Escucha amigo, si empiezas a ahogarte de nuevo, no te salvaré".

"Entonces nunca sabrás lo que iba a decirte."

"Es cierto", dije, terminando tranquilamente mi Panang de verduras.

"Vale", dijo, "ha sido divertido, pero ya he terminado de torturarte. En primer lugar, tengo que decir que no me diste mucho para seguir. Quiero decir, dijiste que tu padre se llamaba Bill Frank, y ese ni siquiera es su verdadero nombre".

"¿Qué?"

"Espera, Jamie, estoy llegando. Empecé con lo más fácil. No está registrado para votar en ningún estado, no tiene licencia de conducir en Florida, y tampoco hay licencia de matrimonio... ya que tus padres no estaban casados."

"Entonces, ¿qué hiciste después?" Estaba pendiente de cada palabra de Duke, y él lo sabía.

"Recordé que dijiste que tu madre lo conoció en una protesta política en Miami, y que ambos fueron arrestados. Me llevó mucho tiempo averiguarlo, pero finalmente coincidí con un registro de arresto. El verdadero nombre de tu padre es *Guillermo Franco* y ni siquiera es ciudadano americano, es cubano"

"¡Vaya, Duke! ¡Eres increíble! ¿Dónde está ahora? ¿Qué está haciendo? ¿Dónde ha estado todo este tiempo? Dios mío, no sé ni por dónde empezar..." Estaba llorando de nuevo, esta vez de verdad.

Duke sacudió la cabeza con cautela, turbado por mis lágrimas. "Lo siento, querida, todavía no sé nada de eso. Todavía estoy trabajando en ello. Pero tengo algo que enseñarte". Metió la mano en el bolsillo, sacó un papel y me lo entregó.

Al desplegarlo, me di cuenta de lo que era. Un hombre de pelo negro ondulado y piel aceitunada estaba posando para la cámara. Tuve una extraña sensación, como si estuviera mirando a mis propios ojos. Por fin tenía una foto de mi padre.

CAPÍTULO 5

Fue surrealista tener una foto de mi padre después de haber pasado tantos años imaginándolo. Esto va a parecer una tontería, pero cuando era pequeña lo buscaba por todas partes: en las multitudes, en la televisión, en el colegio. Podía ser cualquiera, y dependía de mí encontrarlo. Era un juego al que jugaba: si lo reconocía, se quedaba. Por supuesto, nunca lo encontré, y eso me hizo sentirme incompleta de alguna manera, inacabada, como un rompecabezas al que le faltan piezas. Nadie podía entender cómo me sentía, ni siquiera mis amigos cuyos padres estaban divorciados porque al menos tenían dos padres. Ahora el juego había terminado y resultaba que mi padre era la misma persona que siempre había sido, un tipo corriente que no quería ser mi padre. ¿Por qué no se había esforzado por *encontrarme en los últimos treinta y tres años?* No es que me estuviera escondiendo, había estado viviendo en Hollywood desde el día en que nací.

"¿No vas a decir nada?" preguntó Duke. "No puedo creer lo que estoy viendo... ¡Jamie, la abogada se quedó sin palabras!"

No pude evitarlo; rompí a llorar y escapé al baño, dejando a

Duke en la mesa con la boca abierta. Mientras estaba de pie sobre el lavabo llorando a mares, una parte de mí todavía era lo suficientemente racional como para preguntarse qué había esperado conseguir buscando a mi padre. Había pretendido que era simplemente un misterio a resolver, una forma de satisfacer mi curiosidad de toda la vida, pero eso no era cierto. Había estado buscando porque necesitaba saber quién era y de dónde venía. El problema era esa niña. Seguía jugando al juego, seguía intentando encontrar a su padre, aunque al final le rompiera el corazón.

"¿Estás bien ahí dentro?" Duke estaba parado frente a la puerta del baño. *Pobre tipo, había hecho tanto por mí y yo me había asustado totalmente con él.*

"Perdona si te he molestado", continuó. "Sabes, ser medio cubano no es tan malo... ¡creo que las cubanas están buenas!"

Eso me hizo reír. Deja que Duke se equivoque. Sólo conocía una forma de ver las cosas, eso estaba claro. Me lavé la cara y me soné la nariz antes de abrir la puerta.

"Se me olvidó decirte que la comida picante me hace llorar", dije, tratando de mantener una cara seria.

"Bueno, eso parece una información bastante importante, Jamie. Si va a ser así, entonces, maldita sea, la próxima vez elegiré el restaurante". Duke me hizo un guiño. Tal vez no estaba tan equivocado después de todo.

Había sido un día muy agitado... y sólo había pasado la mitad. Pagué la cuenta y nos dirigimos a mi oficina.

CAPÍTULO 6

Pasé la tarde en mi escritorio devolviendo llamadas y redactando alegatos, pero mi mente estaba en otra parte, preocupada por el enigma de mi padre. Duke se ofreció a seguir indagando, pero le pedí que lo dejara por un tiempo. Después de mi vergonzosa crisis en el almuerzo, tal vez no estaba preparada para escucharlo. O tal vez lo mejor era seguir adelante y resolver este molesto problema para siempre. Ya no podía pensar con claridad. Pasaba tanto tiempo aconsejando a mis clientes y ayudándoles a tomar decisiones que estaba demasiado quemada para ocuparme de mis propios asuntos. Lo que necesitaba era un poco de perspectiva, un poco de distancia, y posiblemente un poco de psicoanálisis, pero, sobre todo, necesitaba una buena risa. Lo que necesitaba era mi amiga, Grace. La mejor manera de charlar con Grace durante el día era por mensaje de texto. Trabajaba en Fort Lauderdale para una gran empresa de valores que la mantenía ocupada, pero normalmente podía responder a un mensaje.

Hola Amiga! ¿Adivina lo que he descubierto hoy? Por cierto, te acabo de dar una pista...

Hmmm... ¿te gusta comer en Chipotle? Te mueres por un Frozen Margarita?

Ni siquiera cerca, Grace...

Dame otra pista.

Estoy pensando en tomar clases de salsa y merengue porque lo llevo en la "sangre".

¿Estás audicionando para "Dancing with the Stars"? Lo tengo... ¡eres un vampiro cubano!

Tienes razón a medias...

¿Eres un vampiro? ¡¡Guau, Jamie!!

Esto no es 'Crepúsculo', Grace. No, he descubierto que mi padre es cubano.

¡Estás bromeando! ¿Un cubano llamado Bill Frank?

Alias./Guillermo Franco

¡Impresionante! ¿Qué más has descubierto?

Nada. No estoy segura de querer saber más.

¡No seas cobarde! ¡Claro que sí! ¿No hay alguien con quien tu madre estuvo relacionada en ese momento?

¿Cómo lo sé? Todavía no había nacido. Jajaja

¡Piensa, Jamie! Incluso yo puedo pensar en alguien...

No tengo ni idea.

¿Qué hay de su hermana? Ya sabes, tu tía Peg.

Peg nunca ha mencionado a mi padre.

Apuesto a que nunca le has preguntado.

No, nunca lo he hecho.

Hazlo. Luego podemos salir a comer comida cubana y celebrar tu herencia.

De acuerdo, supongo que...

Hasta la vista baby

Sí, sí.

No estaba de más hablar con Peg; de todos modos, le debía una llamada. Después de la muerte de mi madre, hace un año, no nos vimos mucho porque ambas estábamos de duelo a nuestra manera. Pero cuando su hijo, Adam, fue acusado de asesinato, eso nos hizo volver a reunirnos rápidamente. Ahora, trato de cenar con ellos al menos una vez al mes para ponernos al día.

Decidí guardar todo pronto y volver a casa. Había sido un día duro y notaba que me dolía la cabeza detrás de los ojos. Me tomé dos aspirinas y llamé a mi tía por el móvil. Podía caminar y hablar sin tropezar la mayor parte del tiempo. Después de charlar sobre cómo le iba a Adam en el Broward College y sobre lo mucho que le gustaba a la tía Peg su nueva clase de segundo grado, me preguntó qué novedades tenía. Me hizo recuperar el aliento, lo mucho que se parecía a mi madre. Tenía miedo de empezar a llorar de nuevo, pero me contuve.

"¿Está todo bien?", preguntó preocupada.

"Estoy bien, no te preocupes. ¿Puedo preguntarte algo, tía Peg?"

"Por supuesto, Jamie".

"Bueno, me preguntaba... ¿sabes algo de mi padre?"

Hubo un largo momento de silencio, tan largo que pensé que nos habíamos desconectado.

"Sí", respondió finalmente, "y tengo algo para ti que he estado guardando durante bastante tiempo".

"Ahora tengo curiosidad, ¿qué es?"

"Si vienes, te lo enseñaré".

CAPÍTULO 7

No recuerdo haber conducido hasta la casa de mi tía. Por lo que sé, el coche se condujo solo hasta allí. Por el camino, me preguntaba por qué nunca le había preguntado a la tía Peg por mi padre, teniendo en cuenta que ella y mi madre habían estado tan unidas. Mi madre siempre había sido protectora con su hermana menor, sobre todo después, cuando el divorcio de Peg la dejó completamente desolada y cuidando sola de un hijo autista. Estoy segura de que Peg también ayudó a mi madre en algunos momentos difíciles, pero yo era demasiado joven para recordarlo. Supongo que cuando conoces a alguien toda la vida, nunca se te ocurre preguntarle por su pasado. Se sentiría raro, como si lo estuvieras entrevistando para una revista, o como si estuvieras siendo entrometida. La mayoría de las veces, asumes que ya lo sabes todo sobre ellos. Pero, como estoy aprendiendo, todo el mundo tiene sus secretos.

La tía Peg me recibió en la puerta con un abrazo y me invitó a pasar a su acogedora sala de estar, donde nos sentamos juntas en el sofá acolchado.

"Jamie, le hice una promesa a tu madre y la he cumplido, aunque fue difícil. Ella quería que supieras quién es tu padre, pero no hasta que estuvieras preparada".

"¡Eso es ridículo! Entonces, ¿nunca ibas a decirme nada a menos que te lo pidiera?"

Se miró las manos cruzadas en el regazo y no dijo nada.

Me levanté de un salto y empecé a pasearme. "¿Qué soy, una niña? Tengo treinta y tres años, tía Peg. Creo que puedo manejar lo que sea. ¿Cuál es la historia? ¿Es un traficante de drogas? ¿Un criminal de guerra? Quiero decir... ¿qué demonios?"

Me senté de nuevo. "Lo siento, no es tu culpa y no debería desquitarme contigo".

Mi tía me dedicó una pequeña sonrisa. "Está bien, Jamie. Yo habría hecho lo mismo... o peor. Pero me alegro de poder darte por fin esto. Es una carta de tu madre".

No me lo esperaba. Ya había sido bastante duro escuchar la voz de mi madre en el contestador automático después de su muerte; ¿cómo iba a leer una carta suya? Desplegué la carta con cuidado y me obligué a leerla despacio, luchando contra el impulso de leerla a toda prisa y devorar cada palabra. Ver su hermosa letra me destrozó casi tanto como sus palabras.

8 de mayo de 2012

Mi queridísima Jamie,

Me resulta tan extraño escribirte una carta cuando estás aquí mismo, durmiendo en la habitación de al lado.
Acabo de darme cuenta de que nunca te he escrito antes y siento que ésta sea mi primera y última carta para ti; es como una película sensiblera del canal Lifetime.

Siempre hemos podido hablar una con la otra de cualquier cosa, con una excepción, y eso es culpa mía. Jamie, no sabes cuánto lamento no haberte contado lo de tu padre. Todavía no me atrevo a hacerlo en persona... incluso ahora que el tiempo se acaba. Es egoísta por mi parte, lo sé, pero nunca quise hacerte daño, y sigo sin quererlo.

Cuando eras pequeña, preguntabas constantemente por tu padre. Era doloroso para mí tener que mentirte. Con el tiempo, dejaste de preguntar, y eso también me causó dolor, pero por una razón diferente. Siempre pensé en hablarte de él, pero nunca parecía el momento adecuado. Estoy segura de que tu mente está corriendo a toda máquina ahora, imaginando todo tipo de cosas, así que déjame tranquilizarte, tu padre es un buen hombre y lamento cada día que no pueda formar parte de tu vida.

Se llama Guillermo Franco, pero antes se hacía llamar Bill Frank. Nos conocimos en 1978 en un mitin político en Miami al que mi amiga Carmen me convenció de ir. Carmen es cubana y todavía tenía familia allí. Ella era muy apasionada con su causa. Las cosas estaban mal para los cubanos, tanto en su país como en Estados Unidos, adonde habían huido para refugiarse del régimen de Castro. Ese fue el año en que los exiliados cubanos en Nueva York bombardearon la Misión de Cuba ante las Naciones Unidas. Fue un momento tenso.

En cuanto llegué a la concentración, quise irme. Era un caos total y no ayudaba que no supiera hablar español. Cuando perdí a Carmen entre la multitud, me entró el pánico. Me empujaban desde todas las direcciones hasta que alguien intervino y empezó a apartar a la gente de mí. Me di la vuelta y me encontré con los ojos más amables que jamás había visto. Sólo tenía veinte años, como yo, pero parecía tan seguro de sí mismo. Me dijo que me quedara cerca, que me mantendría a salvo, y le creí. Bill era un desconocido, pero confié en él inmediatamente. Incluso cuando vino la policía y nos arrestaron, siguió cuidando de mí.

Tras ser liberados al día siguiente, Bill y yo empezamos a pasar mucho tiempo juntos. Nuestra relación era aún más intensa debido a la agitación política y a la participación de Bill en la causa cubana. Estuvimos juntos durante un año y fuimos increíblemente felices, pero entonces, el 11 de junio de 1979, todo se vino abajo. Varios cubanos intentaron entrar por la fuerza en la embajada de Venezuela y la policía abrió fuego. Una persona resultó herida y los demás fueron detenidos, incluido Bill. Lo deportaron y no volví a verlo. Un mes después, me enteré de que estaba embarazada de ti.

Todos estos años, seguí esperando tener noticias suyas, pero nunca las tuve. Sólo puedo asumir que está muerto o en prisión. Así que, como ves, no es una buena historia para contarle a una niña sobre su padre. Ni siquiera pude inventar un final feliz, así que me lo guardé para mí.

Bill era (¿es?) una persona maravillosa y tú lo habrías querido, como él te habría querido a ti. Sé que siempre deseaste tener un padre y siento no haber podido darte el tuyo. Veo mucho de él en ti: su amabilidad, su sentido del humor y su capacidad para relacionarse con todo tipo de personas. Y le gustaba leer ciencia ficción, como a ti.

Espero que puedas perdonarme, Jamie. Ojalá todo hubiera sido diferente, pero así son las cosas. Eres la persona más importante de mi vida y estoy muy agradecida de tenerte como hija. Creo que ya lo sabes.

Todo mi amor,
Mamá

CAPÍTULO 8

Leí la carta dos veces, intentando que las palabras se me quedaran grabadas en el cerebro, pero se iban rompiendo. No podía asimilar los conceptos. Cosas como *la cárcel, la muerte, el no tener un final feliz... no* podían ser ciertas, no quería que lo fueran. Toda mi vida había estado buscando a un hombre que no estaba allí, que ni siquiera sabía que yo existía.

"Estás muy pálida, Jamie. ¿Estás bien?", preguntó mi tía. "Sé que es mucho para..."

"Lo siento", dije, "tengo que irme".

Me tomó la mano y la apretó. "¿Por qué no te quedas a cenar? Adam llegará pronto a casa con los perros. Sé que le encantará verte".

Sacudí la cabeza. "No puedo, tía Peg. Necesito estar sola ahora mismo".

En el corto trayecto hasta mi casa en la calle Polk, intenté despejar mi cabeza y no pensar en nada. Cuando eso no funcionó, hice el único ejercicio de meditación que conocía, concentrándome en mi respiración mientras repetía: "Inhalo, exhalo". Antes de darme cuenta, estaba en casa. Estar en casa suele hacerme sentir mejor, pero cuando abrí la puerta, allí estaba el Sr. Patas. Además de heredar la casa de mi madre, también había heredado su gato, un gato que se desvivía por hacerme sentir incómoda. Cuando iba a visitar a mi madre, me siseaba y yo le devolvía el siseo. Mi madre se reía y decía: "¿No pueden llevarse bien?"

Ahora que era yo quien le daba de comer, había dejado de silbar, pero eso no significaba que nos gustáramos. Le cambié el nombre por el de "Sr. Molesto", para que coincidiera con su personalidad, lo que no hizo que le gustara menos, pero sólo porque eso no era posible.

Después de alimentar a la ingrata criatura, intenté ver la televisión, pero no pude concentrarme. No tenía hambre, así que decidí darme una ducha e irme a la cama. No es que esperara dormir mucho (dormir no es mi fuerte), pero estaba agotada y necesitaba un descanso del mundo real.

Si esto fuera una película de mi vida, el guión diría "corte a la secuencia del sueño" y luego se desarrollaría una escena extraña...

Estoy en una multitud buscando a mi padre. Sé que está ahí, pero no lo encuentro. Todo el mundo es más alto que yo y algunos tienen caras de animales, lo que me asusta. Me empujan y pasan por delante de mí como si fuera invisible. Alguien grita, pero no entiendo nada. Empiezo a sentir pánico y entonces veo a una mujer que me resulta familiar. Intento llamar su atención y, de repente, está de pie junto a mí. Es Becca Solomon, pero su aspecto es diferente. Sus ojos son negros, como los de un pez, y hay sangre en su ropa. Dice: "Le advertí, pero no me escuchó" y luego desaparece. La multitud se reduce; un hombre camina hacia mí. No se parece a mi padre, pero por alguna razón sé que es él. Siento que puedo volver a respirar. Me sonríe y la multitud desaparece.

Me despierto descansada y en paz. Siento más calor en el

lado izquierdo que en el derecho, lo que me parece extraño
hasta que me doy cuenta de que el gato se ha metido en la cama
conmigo y ronronea suavemente. Lo acaricio y me acaricia la
mano. Mi vida es cada vez más extraña.

CAPÍTULO 9

Lo bueno de trabajar por cuenta propia es que puedes hacer tu propio horario y establecer tu propio calendario. El peligro radica en convertirse en un vago total. Es una pendiente resbaladiza, lo admito. Un día decides tomarte las cosas con calma, llegas tarde, te quitas de encima el trabajo, y lo siguiente que sabes es que estás enganchada a "Días de Nuestras Vidas" y comiendo helado del cartón en pijama. No es que yo haya hecho eso.

Si alguien se merecía un día de salud mental ese viernes, era yo. Creo que todos estamos de acuerdo en eso. Y ni siquiera me tomé todo el día; tenía previsto entrar a mediodía. También revisé mi correo electrónico, así que en cierto modo estaba trabajando. Por suerte, sólo había un correo que necesitaba respuesta y era de Becca. Me estremecí, recordando mi sueño, pero un rápido trago de café caliente me devolvió a la realidad. Su pregunta era... ¿tenía que entregar los niños a Joe si aparecía borracho? Siempre salía los jueves por la noche con sus amigos y se emborrachaba (dijo ella), y temía que siguiera borracho a la hora de recogerlos por la mañana.

En retrospectiva, una licenciatura en psicología o asesoramiento habría sido muy útil porque he tenido que aprender estas cosas en el trabajo.

No, le escribí a Becca, definitivamente no deberías darle los niños a Joe si está borracho, PERO, tiene que haber una confirmación de su estado. Tal vez deberías buscar una tercera parte objetiva para corroborar esto. **No debería ser tu novio, Charlie.** *Lleva un registro de todo lo que ocurra, y recuerda: Joe es el padre de tus hijos. Sé que es duro, pero los dos tienen que encontrar la manera de ser padres juntos por el bien de sus hijas. Con suerte, la tensión disminuirá cuando el divorcio sea definitivo.*

Luego, con la satisfacción de haber hecho cinco minutos completos de trabajo, me llevé mi café y un libro al patio para poder tomar algunos rayos de vitamina D y relajarme. Debí de quedarme dormida en algún momento porque perdí varias llamadas. Una era de mi oficina y dos eran de Becca. No me gusta tomarme unas horas para mí misma. Era difícil decidir qué era más desagradable, si hablar con Lisa, que podía estar llorando, o con Becca. Era una elección a cara o cruz. Como solución de compromiso, escuché el buzón de voz de Becca. En su primer mensaje, sonaba molesta. Joe no había aparecido para recoger a los niños y ya llevaba una hora de retraso. Pero su segundo mensaje era alarmante. Sonaba histérica y decía que la policía estaba en su puerta, que por favor la llamara inmediatamente. Mi corazón empezó a acelerarse como siempre lo hace en una crisis, ya sea mía o de cualquier otra persona, así que pulsé el botón de devolución de llamada y esperé nerviosa a que contestara.

"¿Becca? Es Jamie. ¿Qué está pasando?"

"Jamie... la policía está aquí, no puedo hablar ahora". Parecía que estaba llorando.

"Pero, ¿qué pasa? ¿Qué ha pasado?"

Ella sollozó. "Es Joe... ¡está muerto!"

CAPÍTULO 10

ME QUEDÉ EN SHOCK. ¿QUÉ PODRÍA HABER PASADO? TAL vez un accidente de coche o un crimen violento, o un ataque al corazón. Tipos más jóvenes que Joe habían caído muertos de repente. Por eso llaman a esos ataques tempranos "hacedores de viudas". Bueno, ahora no habría más peleas, y tampoco habría divorcio. Esas pobres niñas, Leah y Lainie, ya habían pasado por mucho y ahora perder a su padre... era trágico. No había mucho que pudiera hacer por esa familia, excepto dejarlos con su dolor. Por supuesto, si Becca necesitaba algo, haría lo posible por ayudarla.

Se me ocurrió que no había terminado de preparar la orden de nuestra última audiencia. Ahora no lo necesitaba, en su lugar presentaría un sobreseimiento. Aunque creía haber visto todo antes, esta era la primera vez para mí, y necesitaba pensarlo bien. Como Becca y Joe seguían casados en el momento de su muerte y no había acuerdo prenupcial, ella heredaría todos sus bienes comunes. Además, Joe tenía una póliza de seguro de vida con su mujer y sus hijas como beneficiarias, por lo que entraría en juego. Por último, las niñas tenían derecho a recibir prestaciones de la Seguridad Social por fallecimiento a través de su padre hasta que cumplieran los dieciocho años. Becca tendría todo resuelto económicamente pero, emocionalmente, ella y sus hijas tenían un largo camino por delante

Pensar en que esas niñas perdían a su padre era casi demasiado para mí. ¿Había estado mi propio padre en una prisión cubana todos estos años? ¿Cómo podía no buscarlo ahora que lo sabía? ¿Y qué terrible sería encontrarlo y no poder hacer nada? Ojalá mi madre me hubiera hablado de él antes, pero entendí sus razones. Ella sabía que no lo dejaría pasar, que no pararía hasta encontrarlo, y que eso sólo podía provocarme angustia.

Tal vez podría encontrar la respuesta rápidamente y terminar con esto. Si sabía que mi padre estaba muerto, al menos tendría un cierre y no tendría que preguntármelo el resto de mi vida. ¿A quién quería engañar? Nada era fácil, pero al menos tenía algunos recursos que podía utilizar. Había abogados de inmigración a los que podía llamar, tenía a Duke y Grace y todas sus conexiones, y tenía Internet. Y no podría haber vivido en un lugar mejor. Había cerca de un millón de cubanos en el sur de Florida, muchos de ellos con parientes en Cuba; seguramente, uno de ellos podría ayudarme a encontrar a mi padre.

Resultó que, después de todo, no iba a ir a la oficina. Me senté ante el ordenador con una taza de café humeante y un gato en mi regazo (sí, eso es lo que he dicho) para empezar a hacer listas. Era el momento de empezar el "Proyecto Papá".

CAPÍTULO 11

No me avergüenza decir que empecé con Wikipedia. Quería tener una visión general de la situación política en Cuba y también de la historia desde que Castro tomó el poder. Me interesaba especialmente la represión de la disidencia cubana en 2003, conocida como "Primavera Negra", en la que el gobierno había encarcelado a setenta y cinco disidentes, entre ellos periodistas y profesores, que posteriormente fueron considerados por Amnistía Internacional como presos de conciencia. Los presos fueron finalmente liberados y exiliados a España, excepto los que habían muerto en prisión. En la página web figuraban todos los presos, incluso los muertos, pero el nombre de mi padre no era uno de ellos.

Entonces busqué organizaciones locales que pudieran ayudarme y la primera que encontré fue "El Consejo de Libertad Cubana" en Miami, que se dedicaba a promover la democracia en Cuba y a prestar asistencia a los grupos de derechos humanos y de la oposición en Cuba. Parecía prometedor. Seguí buscando y encontré una aún mejor: la

"Fundación Liberen a Cuba", una organización sin fines de lucro y no partidista que trabaja por el establecimiento de una Cuba independiente y democrática por medios no violentos. Sus objetivos son proporcionar información sobre la situación en Cuba, ofrecer una plataforma para los activistas de los derechos humanos y la democracia, y proporcionar un medio para que la comunidad de Internet participe en campañas para liberar a los presos políticos o mejorar sus condiciones. *También proporcionaba una lista de los presos políticos actuales.* Me alivió ver que mi padre tampoco estaba en esa lista. Eso no quiere decir que no pueda estar en prisión por alguna otra razón.

Sabía que era una posibilidad remota, pero también busqué el nombre de mi padre en el SSDI (Índice de Muertes de la Seguridad Social). No tendría un número de la Seguridad Social a menos que estuviera aquí legalmente o fuera ciudadano, y no estaría en el SSDI a menos que fuera un ciudadano *muerto*, así que no me sorprendió que no apareciera nada. Incluso lo busqué en Facebook. Estaba decidiendo qué hacer a continuación cuando sonó mi teléfono. Era un mensaje de Becca. Por fin. Habían pasado más de tres horas desde que hablamos.

Siento no haber llamado, me envió un mensaje de texto, *pero estoy demasiado alterada para hablar con alguien. La policía cree que Joe murió de una sobredosis. No lo sabrán con seguridad hasta la autopsia. Mis hijas no han dejado de llorar. Esto es tan horrible...*

¿Una sobredosis? No lo vi venir. Joe no parecía del tipo... un bebedor, sí, pero no un drogadicto. Y tampoco me pareció un suicida. Sé que estaba deseando ver a sus hijas, y parecía que disfrutaba haciendo que Becca se sintiera miserable.

Le envié un mensaje con mis condolencias: *Lo siento mucho, Becca. Es una noticia terrible. Por favor, hazme saber si puedo ayudar de alguna manera. No dudes en llamarme. Mis mejores deseos, Jamie*

Como puedes ver, los abogados de derecho de familia tenemos una visión sesgada del mundo. ¿Cómo no íbamos a tenerla? Todos los que nos rodean se comportan como locos; mienten todo el tiempo, se pelean por cosas estúpidas, como los hornos de microondas o los trenes de juguete que dicen que son herencias familiares. Por el bien de nuestra cordura, a veces tenemos que alejarnos y salir con gente divertida. Mi persona divertida era Grace, por lo que la tenía en marcación rápida.

"¿Ya es la hora feliz?" Pregunté, cuando respondió al teléfono.

"Son las cinco en algún lugar, me imagino. ¿Qué estás bebiendo, un Cuba Libre?"

"Un ron congelado de contrabandistas más bien."

"Lo tienes, Amiga. ¡Suerte que es la noche latina en Tekila's! Nos vemos en treinta".

Me cambié de ropa y salí a buscar mi dosis de cordura. El primer lugar donde pensaba buscar era dentro de un vaso alto, con una cereza encima.

CAPÍTULO 12

Tekila's es un bar informal en Hollywood Boulevard con un tema diferente cada noche. También es un restaurante mexicano. A Grace y a mí nos gusta ir allí los viernes para las noches latinas porque nos encanta la música alegre y la gente extravagante y divertida que la baila. No es que bailemos. Me parece que caminar sin tropezar es un reto suficiente. Por suerte, no me llamo Grace, así que no tengo toda esa presión.

Estaba deseando relajarme con mi mejor amiga y charlar sobre nuestra semana, aunque no tenía intención de hablar de Becca. Su triste historia era la razón por la que necesitaba escaparme en primer lugar.

La ciudad de Hollywood tiene unos treinta kilómetros cuadrados en total, así que todo está cerca. Sólo tardé veinte minutos en llegar a Tekila's, incluso con el tráfico de la hora pico. Grace ya estaba sentada en la barra lacada, vestida con su ropa de "Viernes Casual", que seguía siendo bastante chic, sorbiendo un Margarita con hielo, extra de sal. Podía ver un ron congelado de contrabandistas en la barra, esperando sólo para mí. La copa ni siquiera había empezado a sudar.

"¡Guau!" Dije, deslizándome en el taburete de la barra. "¿Cómo has llegado aquí tan rápido... con una mochila a reacción?"

Atraje la bebida hacia mí y acerqué mi boca a la pajita. Al instante, un sorbo de ron dulce, ácido y helado empezó a deslizarse por mi lengua, adormeciéndola y excitándola al mismo tiempo. Suspiré con satisfacción. Es curioso que algo tan frío pueda hacerme sentir tan cálida.

"Me he teletransportado", dijo Grace riendo. "Intenta seguir el ritmo, Jamie, ¿quieres? En realidad, estaba a la vuelta de la esquina recogiendo una transcripción. Tengo un juicio importante y mi cliente me está provocando una úlcera. A este paso, tendré que empezar a comprar antiácidos".

"¡Pobre de ti!" Dije, acariciando su brazo con mi mano fría y húmeda. Ella apartó el brazo y yo me reí.

"¡Hey!" Protestó.

"Sólo estoy tratando de alejar tu mente de tus problemas", dije. "De nada". Luego volví a sorber mi bebida.

"Espero que se te congele el cerebro", dijo Grace, con toda naturalidad.

"Oh, lo tengo previsto. Pero eso no me impedirá pedir otro. ¿Cómo está su Margarita, señora? ¿Cumple con sus altos estándares?"

Grace resopló. "Mis estándares son bastante bajos cuando se trata de Margaritas. Todo lo que necesito es un trago de tequila y algo de sal, y soy feliz".

"Hablando de bajos estándares", dije, señalando a Jan, nuestro camarero favorito, para otra ronda, "¿finalmente dejaste a ese perdedor, Christopher, o lo aceptaste de *nuevo*?"

Grace se terminó su bebida justo cuando Jan le puso una nueva delante. Su sincronización era siempre impecable.

"Lo siento, no puedo oírte, la música está muy alta".

"Grace, ¿en serio? ¿Lo aceptaste de nuevo? Te roba todo, apenas trabaja y ni siquiera es amable. Y ahora *me* hace parecer la mala de la película. No voy a darte un discurso... pero dónde está tu autoestima, te mereces algo mejor, todo eso, pero no lo voy a hacer. No escucharías, de todos modos".

"Tienes razón".

"Sé que tengo razón".

"Quiero decir, tienes razón en que no escucho". Grace dijo. "Mira, no estoy loca, Jamie. Veo a Christopher por lo que es, pero me sigue gustando. Es divertido y espontáneo y lo pasamos bien juntos. Nunca dije que fuera *el Sr. Correcto*; sólo es *el Sr. Correcto Ahora*. ¿De acuerdo?"

"Está bien, lo siento. Sólo trataba de cuidar a mi mejor amiga. Ahora me callo. Siéntete libre de darme consejos sobre mi vida amorosa cuando quieras", dije.

"Lo haría, pero..."

"Pero, ¿qué?"

"No tienes una vida amorosa". Grace me miró de reojo.

"Oh, sí, es cierto. Mi vida amorosa no existe". Le di un sorbo a mi segundo ron. Dos es mi límite, así que tenía que hacer que este durara.

"¿Qué vamos a hacer al respecto?" preguntó Grace, golpeando el pie al ritmo de la música mientras observaba a una pareja que bailaba salsa al otro lado de la sala. Eran buenos.

"Un problema a la vez, Grace", dije. "Ahora mismo, estoy buscando a mi padre, y no sé ni por dónde empezar. ¿Cómo se supone que voy a ocuparme, si sigues tratando de distraerme?"

"Espera un momento", dijo, dejando su bebida y prestándome toda su atención. "Ayer estabas demasiado asustada para preguntar a tu tía por tu padre, ¿y ahora dedicas tu vida a encontrarlo? ¿Me he perdido algo?"

"Sí, ya te contaré. Te alcanzaré, pero primero voy a necesitar unos tacos."

CAPÍTULO 13

"A ver si lo entiendo", dijo Grace, después de que nos hubiéramos zampado dos tacos cada una y un té helado. "Tu padre podría estar en cualquier parte, incluso en la cárcel, o posiblemente muerto, pero dondequiera que esté, definitivamente *no* te está buscando, porque no sabe que existes...".*"

"Exactamente... excepto que olvidaste la parte de la intriga política, la trágica historia de amor y la persistente pregunta de si estoy moralmente obligada a aprender español ahora. Dios sabe que lo he intentado, pero el tiempo de subjuntivo me vuelve loca. Y las conjugaciones verbales, ¡Dios mío! Hay un 'tú' formal, un 'tú' informal, un 'tú' formal plural y un 'tú' informal plural -como decir "vosotros" - pero *sólo si estás en España.* Es demasiado complicado. ¿No crees que el 'spanglish' debería ser suficiente? Quiero decir, sólo soy medio cubana, ¿sabes?"

Grace se rió y sacudió la cabeza. "¡Te estás volviendo loca, chica! En serio, ¿crees que es buena idea buscarlo? Es una posibilidad muy remota y aunque lo encontraras, ¿qué pasaría entonces? ¿Te estás imaginando una gran reunión familiar?"

Sabía que intentaba protegerme. La verdad es que apenas había empezado a superar la muerte de mi madre y lo último que necesitaba era más dolor.

Suspiré. "Prometo no dejarme llevar. Y nada de reuniones familiares con camisetas a juego ni nada por el estilo. Sólo me gustaría saber qué clase de persona es mi padre, o al menos qué le pasó. Sé que las probabilidades de encontrarlo no son buenas. Es como un juego de "Dónde está Waldo" del tamaño de un país pequeño. Tengo más posibilidades de ganar la lotería".

"Espero que hayas comprado un billete, porque son 60 millones de dólares". Grace sonrió.

"¡Claro que sí! Y cuando gane, amiga mía, la cena va por mi cuenta. *En París*".

"Deberías reservar el Learjet ahora", dijo, "sólo para estar seguras".

Mientras hablábamos, Grace sacó de su bolso su costosa tableta de última generación, la colocó sobre la barra y empezó a teclear como una mujer con una misión.

"¿Qué estás haciendo?" pregunté, mirando por encima de su hombro. "¿No me digas que estás trabajando ahora mismo, en plena noche latina en Tekila's? No me extraña que necesites tantos antiácidos, eres una maniática".

Grace puso los ojos en blanco. "Claro que no estoy trabajando, tonta. Estoy buscando a Waldo. Aunque tengo que advertirte que mi español es peor que el tuyo, así que, si nos atascamos con alguna palabra, tendremos que usar el traductor de Google. ¿Por qué no me cuentas lo que has hecho hasta ahora?"

~

Desde que nos conocimos en nuestro segundo año en Nova Law, siempre podía contar con Grace. Más inteligente que la mayoría y muy divertida, era como un cometa brillante que iluminaba la larga y negra noche que era la facultad de Derecho. Vale, estoy exagerando un poco, pero, créeme, la facultad de Derecho era de todo menos divertida.

Con sus gafas negras y su ropa a la moda, Grace ya tenía el aspecto de una abogada, incluso en aquella época, pero en el fondo era una tonta. Lo juro, nadie puede hacerme reír como Grace, especialmente cuando hace voces divertidas. Puede imitar a casi todo el mundo. Nunca olvidaré la noche en que Grace llamó a nuestra amiga Suzie y se hizo pasar por nuestra malhumorada profesora de Derecho Civil, Maryellen Brennan. Grace hizo temblar a Suzie durante quince minutos, mientras yo me sentaba a su lado y me partía de risa. No fue hasta que Grace le dijo a Suzie que debía hacer una tarta de manzana para obtener un crédito extra, que finalmente se dio cuenta.

Grace tenía otro talento; uno que todos los abogados desean, lo que me gusta llamar "la voz de la razón". La voz de la razón es una voz calmada, modulada y tan relajante como la miel en una garganta irritada. Gracias a ella, Grace siempre parece tener razón.

En la facultad de Derecho te enseñan que si la ley no está de tu lado, debes argumentar los hechos, y si los hechos no están de tu lado, debes argumentar la ley, pero no te enseñan nada sobre la presentación, que puede marcar la diferencia. Por supuesto, si te esfuerzas, puedes aprender la mecánica para ser un orador eficaz: contacto visual frecuente, postura firme, control del ritmo y uso de un lenguaje corporal adecuado -como no agitarse y distraer a la gente de lo que estás diciendo-, pero nunca tendrás la voz de la razón, una voz tan convincente que incluso si te recitara la guía telefónica, tendrías que escuchar. Piénsalo y entenderás por qué James Earl Jones era la mejor persona para ser la voz de Darth Vader. Tener la "voz de la razón" es la razón por la que Grace parece tener todas las respuestas, incluso cuando no las tiene.

Le conté a Grace todo lo que había hecho, que no era mucho, para ser sincera, pero teniendo en cuenta que había tenido que lidiar con la crisis de Becca, seguía siendo algo. Entonces le pregunté por dónde creía que debíamos empezar.

"¿Qué tal si buscamos en Google "cómo encontrar a un familiar perdido en Cuba"?

"Bueno, ¿por qué no pensé en eso?"

"Estás demasiado cerca del problema", dijo Grace, amablemente.

"Entonces tengo suerte de tenerte", dije. Y lo decía en serio.

CAPÍTULO 14

Pasamos la siguiente hora sentadas en la barra de Tekila's, intercambiando ideas. Me sentí mal por ocupar los asientos durante tanto tiempo, pero la multitud se había reducido y Jan dijo que no le importaba. Una razón más para que fuera nuestro camarero favorito.

La idea de Grace de buscar en Google *cómo encontrar a un pariente perdido en Cuba* hizo que aparecieran decenas de pistas, sobre todo sitios de genealogía como *geneaology.com*, *FamilySearch*, *MyHeritage* y *Cubagenweb.org*, que era una guía de investigación genealógica para cubanos. Aunque esta información podría resultar útil con el tiempo, todavía no estaba en esa fase, ya que no sabía nada de mi padre ni de sus parientes (y los míos) en Cuba, por no mencionar que tenía un apellido bastante común y que no conocía su lugar de nacimiento. Lo único que sabía con seguridad era su edad. En su carta, mi madre había mencionado que se habían conocido cuando ambos tenían veinte años. Como ella habría cumplido cincuenta y cinco este año, él también tendría cincuenta y cinco.

En nuestra búsqueda del tesoro en Internet, también descubrimos *"Cuba Google"* y *"Cuba blogs"*, que parecían prometedores, pero como ninguno de los dos estaba escrito en español, decidimos dejarlos para el final, y quizá encontrar a alguien que nos tradujera. A Grace le gustó la idea del blog. Estaba convencida de que alguien tan activo políticamente como mi padre habría dejado una huella en Internet, concretamente un blog, pero yo no estaba tan segura. Quizá el hecho de haber sido arrestado y deportado y de haber perdido a la mujer que amaba lo habría hecho sentirse derrotado. Y, si resultaba que estaba en la cárcel, seguro que no podía mantener un blog desde su celda.

Al final de la noche, parecía que una de nuestras mejores pistas era la Fundación Nacional Cubano Americana en Miami, que proporcionaba información a la gente sobre sus familiares en Cuba, o proporcionaba contactos para ayudarlos a encontrar esa información. La otra pista prometedora era el Consulado de Cuba en Washington, D.C. Grace tenía un amigo que trabajaba para el Departamento de Estado en D.C. al que pensaba llamar para pedirle consejo. Le dije que me pondría en contacto con la Fundación Nacional Cubano Americana, así como con los otros grupos de Miami que había encontrado al hacer mi propia investigación.

"Es un buen comienzo", dijo Grace, mientras deslizaba su tableta de nuevo en su bolso. "¿Crees que deberíamos pedirle ayuda a Duke? Él se ofreció".

"Lo haría, pero no se me ocurre nada que pueda hacer ahora mismo. Deberíamos esperar hasta que lo necesitemos de verdad, ya sabes, para el asunto de la capa y la espada".

"Capa y espada... ¡escúchate! Te dije que ver tanta televisión te freiría el cerebro, Jamie, y ahora ha ocurrido. Es una pena."

"No estés celosa, Grace. Algún día tendrás tiempo para

disfrutar del 'tiempo de calidad en el sofá' como yo, con el mando a distancia en una mano y un café con leche helado en la otra. Ya lo veo: bailarás en los pasillos con Ellen DeGeneres, aprenderás "qué no hay que ponerse" y te convertirás en una chef gourmet, todo ello sin moverte del sofá. ¡Qué vida!"

"Gracias, pero prefiero beber un Margarita con mi amiga y ver a la gente bailar salsa *en el mundo real*", dijo Grace.

"O, puedes venir; haremos Margaritas y veremos 'Dancing with the Stars' en mi sofá. Es muy cómodo".

"Estás loca, ¿lo sabías?" Ella sonrió. "Creo que voy a dar por terminada la noche para que puedas ir a ponerte al día con tus programas."

Me reí al deslizar uno de nuestros viejos chistes, tomado del gran George Burns. "Di buenas noches, Gracie".

"Buenas noches, Gracie", dijo, y luego bostezó, lo que no formaba parte de la rutina, pero seguía siendo un buen detalle.

CAPÍTULO 15

Pasé el fin de semana haciendo cosas aburridas de fin de semana: lavar la ropa, hacer la compra, pagar las facturas, limpiar la casa y, por supuesto, ponerme al día con mis programas. Siempre me gusta empezar la semana con el depósito lleno, la nevera llena y dinero en la cartera; de lo contrario, me siento atrasada incluso antes de empezar. La ropa limpia también es una de las prioridades de la lista. Es extraño, pero me cuesta acostumbrarme a trabajar todos los días, aunque lo hice durante diez años antes de que muriera mi madre. Parece que una vez que dejas de marcar el reloj, te olvidas inmediatamente de cómo hacerlo; y luego, ni siquiera recuerdas cómo es el reloj.

Dado que soy bastante obsesiva, se podría pensar que he demostrado una notable moderación al no pasar el fin de semana en línea buscando a mi padre, pero la verdad es que mi cerebro estaba sobrecargado. Si no tenía un tiempo de inactividad para absorber toda esa nueva información, mi cabeza explotaría. Además de obsesiva, también soy hiperbólica, lo que parece una enfermedad, pero no lo es.

Me alegré de no haber planeado la cena del domingo con la tía Peg y Adam. No me apetecía hablar de mi madre, de mi padre, de los secretos de la familia ni de nada de lo que se refiere a esos temas. En su lugar, invité a mis vecinos de al lado, Sandy y Mike, a comer comida india para llevar y a tomar una copa de vino. Fue divertido y relajante y justo lo que recetó el médico, si es que se puede conseguir que un médico te recete Curry, Pinot Grigio y una noche en compañía de gente agradable.

El lunes por la mañana estaba renovada y lista para enfrentarme al mundo, o al menos a mi agenda. Estaba de tan buen humor que incluso podría haber soportado el llanto de Lisa, pero esperaba no tener que hacerlo. Como precaución, y para difundir el buen humor, me detuve en Einstein's de camino al trabajo para comprar una docena de panecillos para la oficina, entre ellos el de canela y pasas, el favorito de Lisa.

Después de acomodarme en mi escritorio con una segunda taza de café, envié un correo electrónico a Becca para preguntarle sobre los preparativos del funeral de Joe, ya que me sentía obligada a presentar mis respetos. Se me ocurrió que tal vez fueran los padres de Joe los que hicieran los preparativos, teniendo en cuenta el amargo proceso de divorcio, pero Becca seguiría teniendo la información.

Trabajé sin parar hasta la hora de comer y conseguí hacer bastante papeleo, debería decir. Me gustaría ser un trabajador constante, pero, por desgracia, sólo tengo dos velocidades: a toda velocidad o a punto muerto. Afortunadamente, fue un día a toda velocidad. Estaba pensando en pedir un bocadillo o una ensalada en el restaurante de enfrente cuando sonó mi teléfono móvil. Normalmente no contesto a la hora de comer para establecer límites con mis clientes. El hecho de que tengan mi número de móvil (que es más para mi comodidad que para la suya) no significa que esté de guardia para ellos las

24 horas del día. Pero vi que era Becca, así que decidí contestar.

"Hola, Becca, he estado pensando en ti. ¿Cómo lo llevas, cariño?"

"No, Jamie, he estado muy mal". Su voz sonaba rasgada, como si hubiera estado llorando todo el fin de semana.

" Puedo imaginarlo. Debes estar abrumada, ¿cómo puedo ayudar?"

"Llamo porque no sé qué hacer", se lamentó. "La oficina del fiscal del estado me llamó y me pidió que viniera para interrogarme. ¿Por qué han hecho eso? ¿Qué quieren de mí? ¿Por qué está pasando esto? No puedo soportarlo más".

Podía oír cómo aumentaba su histeria y sabía que tenía que hacerla bajar de la cornisa, en sentido figurado. Al menos esperaba que fuera en sentido figurado. Nunca se conocen los límites de una persona; y a veces, ni siquiera se conocen los propios.

"Está bien, Becca. Probablemente sea algo rutinario. Escucha, conozco a alguien en la oficina del fiscal del estado, ¿qué tal si lo llamo por ti y veo qué puedo averiguar?"

Hizo una pausa y luego, con una voz tan pequeña como la de una niña, dijo: "Sí, por favor... y ¿me llamarás?".

"Lo prometo. Pero no te sientes junto al teléfono a esperar porque a veces tarda en devolver la llamada. ¿Por qué no vas a prepararte un té, o te acuestas y te relajas un poco? ¿De acuerdo?"

"Lo intentaré", dijo ella, de forma no muy convincente.

Después de colgar, marqué la línea directa de Nick Dimitropoulos, fiscal del Estado, estrella en ascenso, hijo de un senador y mi archienemigo. Si buscas la palabra "archi" en el diccionario, encontrarás que se refiere a una persona con un divertido sentimiento de ser superior o saber más que otras personas. Junto a esa definición, verás una imagen de Nick D. Oh, espera, eso sólo está en mi diccionario.

Mis sentimientos por Nick son sinceros. Fue él quien persiguió a mi primo discapacitado, Adam, un año antes y trató de inculparlo de un asesinato utilizando sólo pruebas circunstanciales y un camión de ambición política. Finalmente llegamos a una tregua después de que lo convenciera de centrarse en el verdadero asesino. Acabó pareciendo un héroe, con su foto en el periódico y todos los elogios que ello conlleva, así que me debía una, y lo sabía. Los políticos siempre llevan la cuenta de los favores, incluso los aspirantes a políticos. Especialmente los aspirantes a políticos.

"Nick Dimitropoulos".

Al oír su voz, me lo imaginé en su escritorio con su mandíbula marcada y sus uñas perfectamente recortadas. Llevaría lo último de Armani, zapatos de punta de ala brillantes (con o sin borlas) y ni un cabello fuera de lugar. Su escritorio estaría perfectamente organizado y equipado con la mejor tecnología que el dinero puede comprar.

"Aquí Jamie Quinn, ¿cómo va todo, Nick?"

"Hola Quinn... no esperaba saber de ti tan pronto".

Me reí. "¿Tan pronto? Hace un año que te ayudé a salir en el periódico".

"Para tu información, Quinn, mi foto está en el periódico todo el tiempo. Y por todas las razones correctas".

"No lo dudo ni un minuto, Nick..." Vacilé, sin saber exactamente cómo proceder.

"Entonces, Quinn, ¿qué puedo hacer por ti? ¿Buscas una referencia?"

Me eché a reír. "Estás bromeando, ¿verdad?"

"Por supuesto que sí. ¿Qué pasa?"

"Bueno, tengo un cliente..."

"¿Otro primo tuyo?"

"Divertido, Nick. Y no, no es un primo. Una de mis clientes recibió una llamada de tu oficina esta mañana pidiéndole que viniera. Me gustaría saber por qué".

"¿Cómo se llama?"

"Becca Solomon".

"Estoy familiarizado con ese caso".

"¿Es un caso? ¿Por qué es un caso? Su marido fue encontrado muerto el viernes pasado, pero ella no sabía nada. Ella estaba esperando que él recogiera a los niños".

Hubo una pausa mientras Nick parecía considerar qué información estaba dispuesto a compartir.

"Quinn, no debería decirte esto, pero Joe Solomon murió por una combinación de alcohol y pastillas para dormir".

"No te sigo. ¿Por qué no deberías decírmelo?"

"Porque eran los somníferos de tu cliente".

CAPÍTULO 16

"Tiene que haber una explicación...", espeté.

"Siempre hay una explicación", dijo Nick. "Pero puede que no sea la que quieres escuchar".

"Mantendré la mente abierta, gracias, y te aconsejo que hagas lo mismo. ¿Recuerdas la última vez que fuiste por la fruta más fácil? *Te equivocaste de persona. Se* han presentado demandas por menos, Nick. Sólo lo digo".

"No estoy preocupado, Quinn".

Era difícil de poner en marcha, lo reconozco.

"Supongo que tu cliente nos llamará para fijar una cita", preguntó con su habitual suficiencia. "¿O quiere fijarla ahora?"

"Ya te llamaré", dije, tratando de ganar tiempo.

Me sorprendió encontrarme, una vez más, envuelta en un caso criminal. ¿Cómo es que me sigue pasando esto? Mi tarjeta de visita dice "Abogado de Familia", tan claro como el agua. ¡Y pobre Becca! Antes de llamarla y empujarla de la cornisa en la que se tambaleaba, necesitaba un consejo para poder guiarla en la dirección correcta. Parecía tan indefensa, tan rota. Sabía a quién llamar: Susan Doyle, defensora pública extraordinaria.

Susan había sido inestimable cuando mi primo, Adam, fue acusado de asesinato; sin ella, no sé qué habría sido de Adam. Nada bueno, eso seguro.

Cuando llamé a la oficina del abogado de oficio y pregunté por Susan Doyle, me dijeron que ya no trabajaba allí, que había pasado a la práctica privada. No sé por qué me sorprendió. Mi vida había cambiado en el último año; era una tontería de mi parte pensar que los demás seguían igual. La recepcionista tuvo la amabilidad de darme el número de Susan. Para mi alivio, no se había mudado; su estudio estaba en el centro de Hollywood, a tres manzanas del juzgado.

Le dejé un mensaje a Susan y me llamó enseguida. Después de charlar un poco y de que me preguntara por Adam, le conté el motivo de mi llamada.

"Susan, tengo una situación, bueno, mi cliente la tiene, y esperaba que pudieras ayudarla y posiblemente representarla, si es necesario. Esta mujer puede permitirse un abogado privado y le aconsejaría que te contratara".

"Por supuesto, Jamie, cualquier cosa que pueda hacer. ¿Qué pasa?"

Le conté mi conversación con "El Hábil Nick" (como a Susan le gustaba llamarlo) y el resumen del litigio de divorcio de Becca y Joe, con toda su maldad.

"Es toda una historia", dijo Susan. "Conoces a Becca desde hace tiempo, ¿cuál es tu opinión sobre ella? ¿Crees que tuvo algo que ver con su muerte?"

Pensé por un momento. "No creo que sea capaz de hacerlo. Se está desmoronando de verdad y parecía tan sorprendida como el resto de nosotros cuando Joe apareció muerto. De hecho, estaba esperando a que él recogiera a las niñas cuando se enteró".

Entonces Susan hizo una pregunta que me pilló desprevenida. "¿Alguna vez lo amenazó?"

Jadeé al recordar nuestra última audiencia. "Me temo que lo hizo. Le dijo que si intentaba quitarle a las niñas, ¡lo mataría!"

Susan no se inmutó. Llevaba mucho tiempo como abogada de oficio y había oído cosas mucho peores, estaba segura.

"¿Alguien más la escuchó amenazarlo?"

"Sí, ahora que lo pienso. El alguacil del juez Marcus, Harold, estaba allí y dijo que llamaría a seguridad si no se calmaban".

"Bueno, eso no va a ayudar", dijo Susan, "pero al menos sabemos que está por ahí. La información es poder, siempre lo digo. Mencionaste que Joe se mudó del hogar conyugal hace un mes, ¿tenía Becca una llave de su residencia?"

Sabía por qué lo preguntaba. Si Becca tenía un motivo para matar a Joe, y Nick ciertamente pensaría que lo tenía, ¿también tenía la oportunidad?

"No, Becca definitivamente no tenía acceso a su casa. No se daban la hora, y mucho menos intercambiaban las llaves. Becca incluso hizo cambiar las cerraduras del domicilio conyugal para que Joe no pudiera entrar".

Mi estómago gruñía, recordándome que nunca llegué a pedir el almuerzo. No suelo ser una persona que se olvide de comer, te lo aseguro.

Susan hizo una pausa y luego preguntó: "¿Suicidio? ¿Accidente?"

"No al suicidio. El accidente es una posibilidad". Estaba buscando en los cajones de mi escritorio galletas o algo para comer. Todo lo que encontré fueron un par de Chiclets sueltos. Me los metí en la boca.

"Una pregunta más, ¿alguno de ellos tiene un amante? Eso tiende a cambiar la dinámica".

Casi me trago mis Chiclets. ¡Me había olvidado del novio de Becca!

"¡Sí! Becca tiene un novio; solía ser amigo de Joe, pero ya

no, por supuesto. Se llama Charlie Santoro. Lo vi un par de veces y parecía un tipo tranquilo. No echaba leña al fuego, si eso es lo que preguntas".

Susan no se anduvo con rodeos. "¿Crees que podría ser un sospechoso?

Lo pensé. "Ni idea. Supongo que todo es posible. La gente me ha engañado antes. El mantra del abogado de familia es 'todo el mundo miente'".

Susan se rió. "No olvides que estás hablando con un abogado penalista. Nuestros clientes dicen tantas mentiras que no reconocerían la verdad ni aunque les mordiera el culo".

Me reí con ella.

"De acuerdo", dijo Susan, con su manera de no ser absurda, "esto es lo que tienes que hacer. Organiza la reunión con la oficina del fiscal y ve con Becca. No dejes que responda a ninguna pregunta, salvo su nombre y dirección. Después de eso, apóyate en la quinta enmienda porque podría incriminarse a sí misma. Haremos que el fiscal del estado haga el trabajo. Si se presentan cargos, entonces me reuniré con Becca y ella podrá contratarme formalmente".

"¿Qué más puedo hacer para ayudar?"

"¿Todavía tienes el número de ese extraño detective privado? Creo que necesitamos sus servicios. ¿Cómo se llamaba?"

"Duke Broussard. Sí, es muy extraño".

CAPÍTULO 17

Antes de terminar nuestra conversación, Susan explicó lo que necesitaba de Duke. Dado que la carga de la prueba en un caso penal es "más allá de toda duda razonable", el papel de Duke sería crear esa duda, para desenterrar pruebas que apuntaran *lejos* de Becca, en caso de que fuera acusada de un delito. Susan recomendó a Becca que contratara a Duke de inmediato porque cuanto antes pudiera limpiar su nombre, mejor.

Temía hacer esa llamada a Becca. No me malinterpreten, como abogada de derecho de familia, he dado muchas malas noticias a clientes antes, pero nunca es fácil. ¿Y cómo exactamente le dices a alguien que es sospechoso de asesinato? ¿Hay una clase sobre eso? ¿Un sitio web? El único consuelo era que Becca lo escucharía de mí, y no de Nick.

Me dirigí a la pequeña cocina de nuestra oficina en busca de comida. El hambre empezaba a desplazar todos los demás pensamientos; además, me dolía la cabeza. Para mi sorpresa, la caja de Einstein's que había traído esa mañana todavía tenía tres panecillos. Y también había medio bote de queso crema.

Oh, ¡feliz día! No me molesté en buscar un cuchillo, sino que partí un panecillo por la mitad y lo utilicé para recoger la crema de queso y metérmela en la boca. Estoy segura de que parecía una bestia salvaje desgarrando un antílope, pero no me importaba. Tenía *mucho* hambre. Además, como vegetariana, nunca comería antílopes.

Con el estómago lleno de panecillos, mi capacidad de raciocinio regresó y me dijo que llamara primero a Duke; así podría presentarle a Becca una solución al mismo tiempo que le contaba el problema. Además, necesitaba saber si Duke estaba disponible (como si pudiera resistirse a una damisela en apuros y a un asesinato, todo en uno); también, cuánto cobraría por sus servicios; y cuál sería su plan de ataque. Me alegré de poder ofrecer por fin a Duke un trabajo remunerado y me alegré igualmente de poder aplazar la llamada a Becca.

Cuando descolgó el teléfono, pude oír la multitud del bar de fondo. Tenía que estar pasando el rato en "Nueva Orleans"; Duke prácticamente vivía allí.

"Bueno, si es la propia Sra. Jamie. " dijo Duke. "Sabía que no podías mantenerte al margen. Es ese encanto de Broussard... se mete en tu piel. "

"Sabes, *he* estado sintiendo picazón últimamente. Pensé que era un sarpullido, pero debe ser ese viejo encanto de Broussard".

Duke se rió. "¿Cómo te va, querida? ¿Preparada para empezar a buscar a tu padre de nuevo? Tengo algunas ideas. "

Por un segundo, olvidé que Duke no estaba al tanto de mi proyecto de padre. No había mucho que contar, de todos modos, pero hoy no era el día.

"Has estado muy bien por ayudarme con eso, Duke, y te lo agradezco mucho, pero he dejado el proyecto en suspenso por ahora. Tengo un caso de divorcio que se ha convertido en una investigación de asesinato y necesito los servicios de un buen detective privado. ¿Te apuntas?"

"No. No a menos que necesites los servicios de un *gran* investigador privado. No puedo bajar mis estándares así, sabes. Arruinaría mi reputación".

Me reí. "Bueno, no querría eso en mi conciencia. Esto sería una participación pagada, para que lo sepas".

"Bueno, ¿por qué no lo dijiste? Bajaré mi nivel de exigencia si el precio es justo. ¿Te parece justo 75 dólares la hora? Necesitaré un anticipo, tal vez 500 dólares. ¿Te parece bien?"

Parecía que a Duke le vendría bien el dinero.

"Estoy segura de que estará bien", le dije, y luego le conté lo que estaba pasando con Becca.

"¡Vaya!", dijo cuando terminé. "Eso es muy jugoso. ¿Cuándo empezamos?"

"Justo después de que le diga a Becca que es sospechosa del asesinato de su marido".

CAPÍTULO 18

No podía posponerlo más, así que marqué el número de Becca. Para mi sorpresa, contestó un hombre.

"El teléfono de Becca".

"Hola, soy Jamie Quinn. ¿Puedo hablar con Becca?"

"Oh, hola Jamie, soy Charlie. Becca está durmiendo, pero dijo que la despertara si llamabas. No creo que haya dormido en todo el fin de semana. Hombre, esto ha sido duro para ella".

"Apuesto a que sí. ¿Sabes qué, Charlie? No la despiertes, puedo llamar más tarde. Pero quería preguntarte algo: ¿has visto a Joe recientemente?"

"Solía verlo por la ciudad o en los alrededores. Siempre le decía 'hola', me sentía mal por él, pero me ignoraba."

"¿Discutieron alguna vez? ¿Era desagradable contigo?" Le pregunté.

Charlie hizo una pausa antes de responder. "Sí, cuando se enteró de que estaba saliendo con Becca, me llamó y me regañó, dijo que era un bastardo, un hijo de puta y algunas otras cosas. Pero luego dejó de hablarme por completo".

Después de colgar, me pregunté cómo se habían hecho

amigos Charlie y Joe. Charlie era discreto, de aspecto desaliñado, como un surfista o un tipo que juega al frisbee con su perro en la playa. Joe, en cambio, era ambicioso, con mucha energía, ruidoso. Le gustaba la ropa bonita y los coches caros y disfrutaba siendo el centro de atención. Tras crear un negocio tecnológico que luego vendió por un millón de dólares, a Joe le gustaba pensar que era el próximo Steve Jobs. En cuanto a la amistad, esos dos parecían completamente incompatibles. En cualquier caso, no podía imaginarme a Charlie matando a nadie. *Demasiado mal karma y esas cosas, hombre.*

Eran las 3:00, pero ya había terminado con el trabajo del día. Dios bendiga el trabajo por cuenta propia. Sentía que había hecho mucho, o al menos lo suficiente, y necesitaba despejar la cabeza. Decidí que un poco de ejercicio con algo de naturaleza era justo lo que necesitaba, así que me dirigí al parque T. Y. para dar un largo paseo. Siempre guardo en el coche ropa para hacer ejercicio y zapatillas de deporte, por si me apetece, pero como rara vez lo hago, la ropa estaba fresca y limpia. Si es que alguna vez había estado sudada...

El parque Topeekeegee Yugnee, abreviado T.Y., hace honor a su nombre, que significa "lugar de encuentro o reunión" en lengua seminola. Con una superficie de 138 acres, es un parque urbano en pleno centro de la ciudad con un circuito pavimentado de tres kilómetros que comparten caminantes, corredores, patinadores, ciclistas y mamás que arrullan a sus bebés en sus cochecitos. Incluso a media tarde de un lunes, estaba lleno de gente. El parque tiene mucho que ofrecer: alquiler de bicicletas y barcas, zonas de acampada y juegos infantiles, baloncesto, voleibol y tenis, y más de una docena de refugios para fiestas y barbacoas. Pero lo mejor de T.Y. es Castaway Island, un gran parque acuático con toboganes, piscinas y una playa.

En el instituto, solía trabajar en el puesto de la concesión durante el verano y, a pesar del hecho de que hacía un calor sofocante, estaba lleno de niños y estaba muy ocupado todo el tiempo, eso era lo más divertido que tenía. Pero entonces, no era socorrista, que era un trabajo agotador y de alta presión. Es increíble la cantidad de padres que piensan que no tienen que vigilar a sus hijos cerca del agua sólo porque hay un socorrista de guardia. Por unos 10 dólares la hora, nuestros socorristas salvaban al menos a cinco niños al día de morir ahogados.

La diversión llegaba después de cerrar el parque a las 5:00. Era cuando el personal podía jugar en los toboganes y bañarse en las piscinas. Era un desmadre. Lo disfrutábamos aún más porque teníamos que esperar todo el día. No debería sorprenderte saber que algunos romances empezaron durante nuestros juegos acuáticos diarios.

Mientras recorría la trayectoria circular, me desvié hacia la Isla de los Náufragos. Oír a los niños chillando y riendo me transportó a esos increíbles veranos. Estaba allí de pie, soñando, cuando alguien me tocó en el hombro.

"¿Jamie? No puedo creerlo, ¡estás exactamente igual! ¿No me reconoces?"

"Lo siento, no estoy segura de reconocerte", le dije al guapísimo chico que estaba a mi lado. Era fácilmente un palmo más alto que yo, con ojos marrones sonrientes, pelo decolorado por el sol y tan bronceado que debía de pasar mucho tiempo al aire libre. Estudié su rostro en busca de pistas; esto era realmente embarazoso. Y entonces casi me desplomé.

¿"Kip"? ¡Oh, Dios mío! ¡Eres tú de verdad! " Mi voz chirriaba, estaba tan feliz de verlo. "Siento no haberte reconocido, quiero decir... has cambiado mucho. ¿Cuándo has crecido tanto? " No podía dejar de sonreír. O de balbucear. Kip y yo fuimos uno de esos romances del parque acuático de los que te hablé. Yo estaba loca por él entonces, y creo que él sentía lo mismo por mí, pero cuando se fue a la universidad, nos distanciamos. Todavía pensaba en él a veces, especialmente cuando pasaba por el parque.

Antes de que pudiera decir otra palabra, me dio un gran abrazo y me levantó del suelo. Luego se rió y me volvió a dejar en el suelo.

"Sí, di un pequeño estirón en la universidad, ¿sabes?" Sonrió. "¡Es fantástico verte, Jamie! ¿Cómo has estado? ¿Qué estás haciendo ahora?"

"Veamos, me licencié en literatura inglesa, me di cuenta de que no tenía ninguna habilidad comercial, y entonces fui a la escuela de derecho. Ahora, soy una abogada de derecho de familia aquí en Hollywood. ¿Y tú? "No podía dejar de mirarlo.

"Yo mismo tomé un camino largo y tortuoso. Salí de la escuela con un Master en Administración de Empresas, fui directamente al mundo corporativo y lo odié. Hice un giro de 180 grados, volví a estudiar y acabé con un trabajo que me encanta, trabajando al aire libre donde puedo adorar la naturaleza en toda su gloria". Se detuvo para devolver un balón de fútbol a un niño, que rápidamente reanudó su juego.

"¡Eso es genial!" Dije. "Siempre fuiste tu mayor fan. No puedo creer que nos hayamos encontrado aquí, de todos los lugares. ¿Es una coincidencia?"

Se rió. "Yo diría que la coincidencia es excelente".

"¿Qué quieres decir?"

"Después de obtener mi título en gestión de parques y silvicultura, trabajé para el sistema de parques estatales de California hasta que tuvieron recortes presupuestarios y perdí mi empleo. Se abrió un puesto aquí y lo solicité. Desde hace una semana, soy el nuevo Director del Departamento de Parques. Así que trabajo aquí. "

"¿Trabajas en este parque?" pregunté, tratando de mantener la emoción fuera de mi voz. Ya era una adulta; tenía que recordármelo a mí misma.

"En realidad, estoy a cargo de todos los parques. Visito cada uno para hacer evaluaciones y he pensado en empezar por mi favorito. Pero, cuéntame más sobre ti, ¿estás casada? ¿Tienes hijos?"

"No, ¿y tú?" Tenía que estar casado. Y probablemente tenía una docena de hermosos niños que se parecían a él.

"Estuve comprometido una vez durante unos meses, pero no funcionó. Tampoco hay hijos".

¡Que alguien me despierte! Pensándolo bien, por favor no lo hagas.

Nos quedamos allí, sonriéndonos el uno al otro, hasta que Kip me tomó de la mano y me dijo: "Tengo que volver al trabajo, pero me encantaría ponernos al día un poco más".

"Me encantaría".

"¿Te gusta montar a caballo, por casualidad? Tengo que ir al Parque Tradewinds el próximo sábado, y tienen establos y senderos para caballos".

"El último caballo en el que estuve fue un poni cuando tenía cinco años, pero eso suena divertido. Si no te importa montar con una novata".

"No te preocupes, te enseñaré. ¿Qué tal si nos encontramos allí a la una?"

"¡Perfecto! Estoy deseando que llegue ese momento, Kip".

"Yo también. ¡Nos vemos entonces, Jamie! " Otro abrazo rápido y se fue.

Estaba aturdida por mi buena suerte... ¡Era Kip! ¡Tenemos una cita! Y qué, si no sé montar a caballo, Kip me va a enseñar. *¿Cómo iba a llegar al sábado?* me pregunté. Sabía que ir a una cita no significaba necesariamente nada, pero era feliz en ese momento, y nada podía cambiar eso.

Volví al aparcamiento y encontré mi coche. Al abrir la puerta, oí un zumbido frenético bajo el asiento. Había perdido tres llamadas de Becca.

CAPÍTULO 19

"¿Becca? Es Jamie. Siento no haber oído tu llamada".

"Está bien", dijo con una voz plana y monótona.

"He hablado con el fiscal del estado. Te diré lo que dijo en un minuto, pero primero, necesito hacerte algunas preguntas".

"Muy bien".

Me pregunté si estaba medicada, sonaba tan robótica. No podría haber sonado menos interesada si estuviéramos hablando del tiempo, o de las Kardashians. Todavía estaba en el parque, sentada en mi coche con las ventanas abiertas. Si tenía que hacer algo tan desagradable, al menos podía disfrutar del paisaje.

"¿Te sientes bien?" Le pregunté. "¿Prefieres que llame más tarde?"

"Está bien", entonó.

"Bien entonces, ¿cuándo fue la última vez que viste a Joe?"

"En la sala del tribunal."

"¿Hablaste con él después de eso?"

"No."

"Cambiando de tema, ¿tienes una receta de pastillas para dormir, Becca?"

"Sí, Ambien".

Seguía sonando apagada, casi aburrida.

"¿Las tomas a menudo?"

"Cuando las necesito".

"¿Joe también tomaba pastillas para dormir?"

"Sí".

Bien, ahora, estábamos llegando a alguna parte.

"¿Cuántas veces lo hizo?"

"No estoy segura. Unas cuantas veces".

"¿Sabes cómo podría haber conseguido alguna de tus pastillas después de mudarse?"

"En realidad, no".

"¿Podría haberse llevado algunas cuando se mudó?"

"Supongo".

"¿Está Charlie ahí? ¿Te importaría ponerlo al teléfono un minuto?"

La oí entregarle el teléfono.

"Hola, Jamie", dijo.

"Hola, Charlie, ¿está Becca bien? No parece estar bien. Necesito hablar con ella de algunas cosas importantes y no sé si está, bueno, prestando atención".

"Sí, cuando se estresa demasiado, se apaga. Pronto volverá a la normalidad".

Recordé que ella actuó de la misma manera en el vestíbulo del tribunal, después de su audiencia. Tal vez esto facilitaría mi trabajo.

"Por favor, pregúntale a Becca si me da permiso para hablar contigo sobre su situación".

Lo oí preguntar y la oí aceptar.

"Bien, Charlie, este es el trato, la oficina del fiscal del estado quiere interrogar a Becca como parte de su investigación sobre la muerte de Joe. Tenemos que concertar una cita y pienso ir con ella. Supongo que también querrán hablar contigo en algún momento. Lo siento, pero no podría representarte a ti y a Becca, debido a un potencial conflicto de intereses, pero te sugiero encarecidamente que vayas con un abogado. Si no puedes permitirte uno, puedes pedir que te designen uno de la oficina de abogados de oficio".

"Está bien, lo entiendo. Le contaré todo lo que has dicho", dijo, con su habitual tono plácido.

"Que me llame"

"Claro".

Después de colgar, me di cuenta de que Charlie no había mostrado más emoción que Becca, incluso después de que le dijera que el fiscal podría interrogarlo sobre el marido muerto de su novia. Había algo extraño en Charlie, pero no podía identificarlo.

CAPÍTULO 20

No le había contado a Charlie la sugerencia de Susan Doyle de contratar a un investigador privado. Como dije, había un posible conflicto de intereses y mi obligación era con Becca, especialmente si el investigador privado, alias Duke, pensaba que valía la pena investigar a Charlie. Decidí tomar el camino más fácil esta vez y enviar un correo electrónico a Becca, ya que no había tenido mucha suerte hablando con ella por teléfono. Dios sabe que lo había intentado.

Llevaba un rato en casa y acababa de alimentarme a mí y al gato. Mi cena era una pizza congelada, la suya era una mezcla húmeda y maloliente de quién sabe qué, que parece gustar a los gatos. Ambos estábamos contentos con nuestra selección.

Después de descansar un poco, leer las noticias en línea y jugar a "Palabras con Amigos" con Grace (¿desde cuándo "suqs" es una palabra?), envié un correo electrónico a Becca.

Hola Becca, llamé a una amiga para que te aconsejara sobre tu situación y cree que lo mejor para ti sería contratar a un investigador privado para que investigue *la muerte de Joe. Estoy de acuerdo con ella. Tengo un investigador privado que es muy bueno y tiene un precio razonable. Cobra 75 dólares por hora y exige un anticipo de 500 dólares. Tienes dinero en mi cuenta de fideicomiso de tu caso de divorcio que podrías usar para contratarlo, pero tendrías que firmar su acuerdo de anticipo. **¿Quieres hacerlo?** Además, tenemos que concertar una cita con el abogado del Estado. Por favor, dime cuando estás disponible y haré la cita.*

En dos minutos, tuve una respuesta.

Hola Jamie, puedes seguir adelante y contratar al investigador privado. ¿Puedes enviarme por correo electrónico su acuerdo? Puedo ir contigo a la fiscalía cualquier mañana después de las 8:30, pero no puedo ir por la tarde porque tengo que recoger a las niñas del colegio. Gracias por todo lo que estás haciendo por mí. Siento ser un desastre.

Al menos volvía a sonar normal. Rápidamente le envié un mensaje de texto a Duke diciendo que íbamos a seguir adelante y le pedí que me enviara por correo electrónico su contrato para que Becca lo firmara. Me contestó enseguida.

Hola, señora abogada, ¿de qué está hablando? ¿Qué contrato?

Ya sabes, como cuando la gente te contrata. Le contesté con un mensaje de texto.

Funciono con un apretón de manos, querida. No me quejo mientras haga el trabajo.

Tal vez porque obtienes tu negocio de tus compañeros de bar. Y a través de esa valla publicitaria que tu ex compró diciendo al mundo lo que pensaba de ti.

Eso me consiguió algún negocio, ¿no? Le vino bien, después de toda la pensión alimenticia que le pagué a esa mujer.

Bueno, vas a necesitar un contrato esta vez, joven. O no voy a liberar el dinero de mi cuenta fiduciaria. Y no puedo redactarlo para ti porque Becca es mi cliente. ¿Qué tal si te envío mi acuerdo de retención y puedes cortar y pegar de eso?

Sabes, para ser una abogada, no eres tan mala.

Lo mismo digo.

Después de enviarle a Duke un correo electrónico con mi contrato estándar, me serví una copa de vino y me recosté en el sofá. Para mi consternación, había un resorte que me pinchaba en el trasero y que no había estado allí antes. Es hora de cambiar el sofá. ¿Cómo iba a disfrutar del "tiempo de calidad en el sofá" si no tenía un sofá que estuviera a la altura? No había cambiado nada desde que heredé la casa hace casi dos años, así que quizás era el momento, pero seguro que no necesitaba otro proyecto ahora mismo. Mientras tanto, tendría que deslizarme hasta el extremo libre de pinchazos del sofá, donde podría desconectar, dar un sorbo de vino y preguntarme quién mató a Joe Solomon.

CAPÍTULO 21

Un panecillo puede comprar mucha buena voluntad. Lo comprobé el martes cuando le pedí a Lisa que me hiciera el favor de llamar a la oficina del fiscal del estado. No sólo lo hizo inmediatamente, sino que lo hizo con una sonrisa. ¿Quién iba a saber que eso era todo lo que se necesitaba?

Después de que Lisa lo organizara, envié un correo electrónico a Becca para decirle que la cita era el jueves por la mañana y pedirle que viniera media hora antes para prepararse. Me contestó por correo electrónico para confirmarlo. También me dio las gracias por ofrecerme a asistir al funeral de Joe, que sería el sábado por la mañana, pero me pidió que no fuera. Ya sería bastante duro para los padres de Joe que ella estuviera allí; sería mucho peor si estuviera su abogada de divorcio.

No lo había pensado bien, pero ella tenía razón; por supuesto que no debería estar allí. No es que quisiera ir en primer lugar (nadie *quiere ir a* un funeral), y ahora que tenía una cita con Kip el sábado, todo había salido a la perfección.

Al revisar el resto de mis correos electrónicos, vi que Duke había enviado "su" acuerdo de retención para Becca. Lo leí para ver si tenía sentido y estaba bien, nada mal, así que se lo envié a Becca para que lo firmara. Una vez que ella lo devolviera, yo podría pagar a Duke con la cuenta fiduciaria y él podría empezar a trabajar en su caso.

Estaba trabajando a marchas forzadas en mi escritorio cuando oí un zumbido familiar. Era un mensaje de Grace preguntando si quería quedar para comer. Tenía programadas unas declaraciones para toda la tarde en Hollywood, a la vuelta de la esquina de mi oficina. Además, tenía algunas noticias para mí, dijo. Bueno, yo también tenía noticias para ella. Acordamos reunirnos en Mordiscos Exóticos, en la calle Harrison, ya que a ambas nos apetecía un falafel, y el suyo era el mejor de la ciudad. Así que no había duda: humus a mediodía en la calle Harrison.

Estaba estudiando los narguiles en el bar de narguiles cuando Grace entró en el restaurante.

"Hola, mi abogada corporativa favorita", dije, dándole un beso en la mejilla. "Estás fabulosa, como siempre".

"¿Qué, esta cosa vieja?" dijo riendo, señalando su traje rojo de Anne Klein que le quedaba perfecto. No todos podemos llevar un Anne Klein como Grace, pero algunos preferiríamos llevar pantalones de chándal. Como yo, por ejemplo.

Mientras nos sentábamos, recordé de repente algo.

"Oye, ¿vas a estar bien comiendo aquí? ¿O tendrás que masticar antiácidos el resto del día?"

"Estaré bien", dijo. "Sólo necesito antiácidos cuando trato con ese cliente que me estresa. La comida no me molesta, sólo él. No puedo esperar a que ese caso termine."

"¡Ya lo creo!" Comprendo lo de los clientes difíciles. Yo mismo tuve unos cuantos.

Fuimos las primeroas en llegar, así que nos dieron la comida rápidamente. Los sándwiches de falafel son realmente sucios y era todo lo que podíamos hacer para no dejar caer la comida sobre nuestra ropa.

No fue hasta que estábamos tomando café y compartiendo un baklava que Grace dijo: "¿No quieres saber cuál es mi noticia? No es propio de ti ser tan paciente. ¿Te sientes bien?"

Me reí. "Quizá esté pasando página. La gente puede cambiar, ya sabes".

"Ni hablar. ¿Qué está pasando realmente?" Grace parecía escéptica, pero mantuve la cara inexpresiva todo lo que pude.

"Vale", dije, "te lo diré. Tengo una cita el sábado".

"¡No puede ser! ¿Quién es el afortunado? ¿Lo conozco? Me has estado ocultando algo, Jamie. ¡Cuéntame!"

"Bueno, es maravilloso y totalmente adorable, y vamos a montar a caballo en el Parque Tradewinds."

Grace parecía exasperada. "¿Pero cómo se conocieron? ¿Cómo se llama? Espera... ¿has dicho montar a caballo? ¿Es una buena idea? Quiero decir, no eres la persona más atlética. No te ofendas".

"No te preocupes. Kip dijo que me enseñaría", dije, esperando la reacción de Grace.

¿"Kip"? ¿Como Kip Simons, tu novio del instituto? ¿Cómo diablos...?"

"¡Me encanta cuando te quedas sin palabras!" dije, riendo. "De hecho, me lo encontré en T.Y. Park, ¡es el nuevo director del departamento de Parques! ¿No es fantástico? Al principio no lo reconocí, pero enseguida congeniamos".

Grace sacudió la cabeza. "¡Increíble! Pero, ¿qué estabas haciendo en T.Y. Park? ¿Tratando de recuperar tu antiguo trabajo?"

"¡Muy graciosa! Estaba haciendo ejercicio, para que lo sepas. Lo hago de vez en cuando".

"Me alegro mucho por ti, Jamie, de verdad. Y ya era hora.

¡Ahora puedo darte consejos sobre tu vida amorosa! No puedo esperar".

"Espera, Grace. Todavía no tengo vida amorosa. Pero adelante, dame un consejo".

"Bien, tengo tres palabras para ti".

"¿Tomarlo con calma?" Adiviné.

"No", se rió, "Ponte... un... casco. Ya te veo cayendo del caballo".

"Sí", dije, "yo también".

CAPÍTULO 22

"Vale, Jamie, eso ha sido una bomba, pero puedo superarlo. ¿Quieres escuchar mis noticias ahora?" preguntó Grace, inclinándose hacia delante. Estaba muy emocionada.

Asentí con la cabeza. No podía imaginar lo que iba a decir, pero de repente tuve mariposas en el estómago.

"Hablé con mi amigo del consulado de Washington sobre tu padre", dijo Grace. "Y él hizo algunas investigaciones para mí".

Me senté allí, retorciendo mi servilleta, esperando las noticias.

Grace se acercó a la mesa y me apretó las manos. "¡Está vivo, Jamie!"

"¡Dios mío, mi padre está vivo!" Estaba tan abrumada que pensé que me iba a desmayar o a vomitar. Mis manos temblaban como locas y las lágrimas corrían por mi cara.

"Esto es lo que pasó, ¡no vas a creer esta historia! Tu papá se escapó de una cárcel cubana en 2005 y nadó hasta una base naval de Estados Unidos donde esperó cuatro años para obtener asilo político. Cuando no se lo concedieron, lo llevaron en avión a Nicaragua con otros quince cubanos. Mi amigo llamó a alguien que conoce en el consulado nicaragüense, quien movió algunos hilos y se enteró de que tu padre sigue en Nicaragua. Están tratando de conseguir una dirección para ti, Jamie; sólo tienes que aguantar. ¿No es eso totalmente increíble?"

Prácticamente salté por encima de la mesa y tiré de Grace para abrazarla. Nos reímos y lloramos como locas. Toda una vida de dolor por la pérdida de mi padre pareció desvanecerse en un instante. Me sentía ingrávida, como una bailarina en el aire, o un globo a punto de flotar.

Una mujer en otra mesa me llamó la atención y sonrió, nuestra alegría era contagiosa. Giró hacia la camarera que tomaba su pedido y bromeó: "Tomaré lo mismo que ellas".

CAPÍTULO 23

Mi euforia duró todo el día y quise compartir la noticia con alguien. Pensé en llamar a la tía Peg, pero luego decidí no hacerlo. Es tan pragmática que temía que empezara a hacer preguntas difíciles como: ¿cómo sabía que mi padre quería saber de mí? No todo el mundo acogería la noticia de una hija adulta de una vida pasada. Y, ¿realmente quería conocer los detalles de su trágica vida? ¿Y si necesitaba una ayuda que yo no podía darle? ¿No me sentiría peor que antes? Así que no la llamé. En cambio, llamé a Duke.

"Hola Duke, ¿cómo va todo?"

"No podría ser mejor, querida. El mundo gira, el sol brilla y tengo una cita caliente esta noche. ¿Qué tal tú? ¿Estamos listos para rodar con mi nueva cliente favorita?"

"Sí, lo haremos. Te enviaré por correo electrónico un resumen y la información de contacto de Becca. También tengo algunas noticias".

"Espero que sean buenas noticias. No me gustaría que me cortaras el clima".

"¡Sé serio, Duque, nada podría cortar tu clima! "me reí.

"Ahí me has pillado". Se rió.

"Esta es mi gran noticia, ¡estoy cerca de encontrar a mi padre! Está viviendo en Nicaragua y Grace está trabajando en conseguir su dirección para mí. ¿No es genial?"

"Es estupendo, Jamie. Me alegro mucho por ti", dijo Duke, con desazón.

"Entonces, ¿por qué no pareces feliz?" pregunté, extrañada por su reacción.

"Supongo que pensaste que Grace podría ayudarte más que yo. No hay problema".

¡Pobre Duke! Herí su orgullo. A veces puedo ser tan densa. ¿Cómo iba a arreglar esto?

"Pero fue tu pista la que lo hizo posible, Duke. Grace se arriesgó y llamó a un amigo del consulado cubano que pudo localizar a mi padre, pero sólo porque tú hiciste el trabajo preliminar. Por eso te llamo a ti primero".

"¿De verdad me llamaste primero? " Podía oír su sonrisa a través del teléfono.

"¡Por supuesto! No podría haberlo encontrado sin ti. Eres el mejor".

"Sí, lo soy, ¿no? Mantenme al tanto de eso. Quiero ser el primero en estrechar la mano del viejo".

"Sólo quieres darle a los cigarros cubanos".

"¿Qué hay de malo en eso?" Se rió. "Felicidades, Jamie, lo digo en serio. Ahora, ¿qué tal un poco de historia sobre Becca Solomon?"

Lo puse al corriente de todo, incluida la próxima cita con el Fiscal del Estado, pero le pedí que no hablara con Becca hasta después del funeral del sábado, y estuvo de acuerdo.

Después de nuestra llamada, envié por correo electrónico a Duke el contrato firmado por Becca, así como otra información que necesitaba. No tardé mucho, porque ya le había hecho un resumen por teléfono. Cuando terminé, saqué el expediente de uno de mis otros casos porque, aunque parezca mentira, tenía más de un cliente y había una visita programada para el día siguiente que tenía que preparar. Fue un alivio concentrarme en algo mundano y olvidarme de Becca Solomon por un rato.

CAPÍTULO 24

Eʟ ᴍɪᴇ́ʀᴄᴏʟᴇs ᴛʀᴀɴsᴄᴜʀʀɪᴏ́ sɪɴ ɪɴᴄɪᴅᴇɴᴛᴇs. Mɪ audiencia se desarrolló sin problemas, a mi cliente se le concedió la reparación que buscaba y me sentí bien como abogada de familia. Oye, eso pasa. Y entonces llegó el jueves y fue el momento de reunirme con Becca. Me alivió ver que iba vestida adecuadamente con un traje gris oscuro y que parecía estar elegante y con ganas. No habría podido soportar que se volviera zombi contra mí otra vez.

"¿Cómo te sientes, Becca?" Pregunté, una vez que nos sentamos en mi pequeña mesa de conferencias.

"Estoy bien. Quiero acabar con esto". Ella estaba moviendo su pierna bajo la mesa. Su energía nerviosa tenía que escapar de alguna manera.

"Yo también". Sonreí, tranquilizadoramente. "Tienes que prepararte para esto, mentalmente, porque va a ser duro, no te voy a mentir. El fiscal te hará muchas preguntas: sobre Joe, tu relación, tu prescripción de somníferos, todo lo que se le ocurra. Y va a tratar de ponerte nerviosa para que tengas un arrebato emocional".

Parecía tener pánico. "¿Qué hago?"

"Esa es la parte fácil. Después de proporcionar tu nombre y dirección, no vas a responder a ninguna pregunta. En su lugar, dirás esto: "Me niego a responder a eso porque podría incriminarme."

"¿Qué? ¿Estás bromeando? Eso me hace parecer una criminal y yo no he hecho nada malo! ¿De qué lado estás, Jamie?"

"Cálmate, Becca. Estoy de tu lado y nadie ha dicho que hayas hecho nada malo. He hablado con una excelente abogada de defensa penal, Susan Doyle, y me ha aconsejado que proceda así. La razón es que cualquier cosa que digas hoy puede ser tergiversada, sacada de contexto y usada en tu contra, y no queremos darles nada que puedan usar. Si creen que tienen un caso contra ti, que lo demuestren. Haz que busquen pruebas. Si no, que se vayan al infierno, ¿vale?"

Respiró profundamente y lo dejó salir. "Eso tiene sentido, supongo. Siento haberte gritado, tengo los nervios destrozados". Me sonrió y le di una palmadita en el brazo.

Entonces Becca me miró extrañada. "¿Pero por qué no te vas, qué sentido tiene quedarte pero no responder a sus preguntas?"

"Así podremos averiguar cuál es su juego", respondí. "Sólo recuerda, no les des ninguna reacción a nada. ¿Entendido?"

"Lo tengo."

Recorrimos la corta distancia hasta la oficina del fiscal en silencio, cada una absorta en sus propios pensamientos. Yo también me estaba preparando mentalmente para un enfrentamiento con Nick Dimitropoulos. Si Becca se ceñía al guión, todo saldría bien, pero no me fiaba de Nick. Los trucos sucios eran su especialidad, y el derecho penal definitivamente no era el mío.

Nos hicieron pasar a una sala monótona donde todo era

marrón, la alfombra, la mesa, las sillas. Incluso las paredes eran de color beige. Parecía una sala donde la esperanza iba a morir. Nos sentamos y esperamos. Pasaron unos quince minutos antes de que el príncipe de la ironía, en persona, entrara en la sala.

"Buenos días, Sra. Quinn, *Sra.* Solomon". Ya estaba empezando sus juegos mentales con Becca.

"Hola, Nick". Dije. Becca asintió, pero no dijo nada.

"Gracias por venir", dijo. "Le he pedido que haga una declaración sobre la muerte de Joe Solomon. Todo lo que diga será grabado y podrá ser utilizado en su contra en un tribunal. ¿Entiende, Sra. Solomon?"

Becca volvió a asentir.

"Tiene que responder de forma audible, para que conste".

"Sí", dijo ella. "Lo entiendo".

"Veo que ha elegido traer a una abogada con usted, ¿es eso correcto?"

"Sí".

"Por favor, diga el nombre de su abogada".

"Jamie Quinn".

"Por favor, diga su nombre y dirección".

"Rebecca Solomon. 3700 S. 37th Court, Hollywood Hills, Florida".

"¿Cree que su marido se suicidó, Sra. Solomon?"

"No lo sé", respondió. La miré fijamente y se estremeció. Ya se había salido del guión.

"¿Cree que su marido fue asesinado?"

"Me niego a contestar porque podría incriminarme", dijo, como si cada palabra le quemara la boca al salir.

"Interesante", comentó Nick.

"¿Sabe de alguien que pudiera haber matado a su marido?"

"Me niego a contestar porque podría incriminarme". Becca estaba muy pálida y se retorcía en su asiento.

Nick se detuvo a hojear sus papeles, como si tuviera todo el tiempo del mundo.

"¿Tenía alguna razón para matar a su marido?"

"Me niego a contestar porque podría incriminarme".

"¿No estaba en medio de un desagradable divorcio cuando murió su marido?"

"Me niego a contestar porque podría incriminarme". Las lágrimas corrían por el rostro de Becca.

Nick cambió de marcha.

"¿No es cierto que tiene una receta para pastillas para dormir?", preguntó.

"Me niego a contestar porque podría incriminarme".

"¿Sabe que su marido Joe murió de una sobredosis de alcohol y pastillas para dormir?"

"Me niego a contestar porque podría incriminarme". Becca empezaba a tambalearse en su asiento.

Nick dejó sus papeles y miró a Becca a los ojos. "¿Tiene idea de cómo sus pastillas para dormir terminaron en la casa de Joe? *¿En un frasco de aspirinas?*"

Becca dejó escapar un grito antes de gritar: "¡Oh, Dios mío! No-no-no!"

Y entonces se desmayó.

CAPÍTULO 25

Atrapé a Becca antes de que se cayera de la silla, mientras la asistente de Nick corría a buscar unas sales aromáticas. En cuanto abrió una, el potente olor a amoníaco impregnó la pequeña habitación, provocando un ataque de tos. Una oleada de esa bomba fétida en miniatura bajo su nariz fue suficiente para reanimar a Becca y se sentó, con aspecto aturdido, como si no pudiera recordar dónde estaba.

Miré fijamente a Nick. "Hemos *terminado aquí*. Y espero que estés orgulloso de ti mismo".

"¿Sabes cuál es tu problema, Quinn?", preguntó. "Te tomas todo tan a pecho. ¿Estás segura de que no es tu prima?"

"Puede que me tome las cosas como algo personal, pero al menos no he perdido la compasión. Una vez que pierdes eso, Nick, ¿qué queda?"

"Un maldito buen abogado, eso es", dijo, y salió de la habitación.

Ayudé a Becca a ponerse en pie y, una vez que se estabilizó, la guié hasta la puerta. Antes de salir del edificio, le insistí en que bebiera agua de la fuente del vestíbulo. Por suerte, llegamos al aparcamiento sin incidentes y la acomodé en el asiento del acompañante.

"¿Te sientes mejor ahora?", le pregunté, mientras arrancaba el coche.

"Sí, gracias. Aunque no recuerdo lo que pasó".

"El fiscal te estaba haciendo preguntas cuando te desmayaste. ¿Recuerdas lo que te preguntó y que te hizo alterar tanto?" Sabía que era una pregunta arriesgada, pero al menos estaba en un lugar seguro.

"Lo siento, Jamie, no lo sé."

"Está bien, no te preocupes", dije, preguntándome si Becca estaba siendo sincera. Parecía serlo. O era una actriz extraordinaria, o tenía la capacidad de bloquear instantáneamente los acontecimientos traumáticos. En cualquier caso, era curioso. A veces me arrepentía de no haber estudiado psicología; habría sido fascinante aprender cómo funciona la mente.

No me sentía cómodo dejando que Becca condujera, así que la convencí de que me permitiera dejarla en casa; ella y Charlie podrían recoger su coche más tarde. La acompañé a su casa y luego llevé a Charlie aparte para decirle que Becca se había desmayado y que la vigilara. Como de costumbre, se mostró amable y simpático y dijo que se ocuparía de ella. Me pregunté qué haría falta para que Charlie se enfadara, pero no pude imaginarlo. Nadie podía estar tan tranquilo todo el tiempo, ni siquiera la Madre Teresa o el Dalai Lama.

De vuelta a la oficina, llamé a Duke.

"Hola", dije, "acabo de salir de la oficina del Fiscal del Estado con Becca y ha ocurrido algo interesante que pensé que deberías saber".

"¿No es extraña la vida? Yo también tengo algo que decirte. Las damas primero".

Le describí el extraño episodio que había presenciado y le pregunté qué creía que significaba.

"Bueno, parece que nuestra chica Becca se siente culpable por los somníferos del frasco de aspirinas. Pero también parece que se sorprendió al enterarse. Diría que son buenas noticias, excepto por lo otro, su desmayo. Creo que es posible que ella sea la asesina, ¡pero que no recuerde nada!"

"¿Pero cuándo habría tenido la oportunidad de matar a Joe?"

"Eso es lo que iba a decirte, Jamie. Fui a la casa de Joe, que es un condominio de lujo con todo tipo de seguridad y un guardia sentado en el vestíbulo para registrar a los visitantes. Él y yo nos pusimos a hablar, ya sabes cómo es, y me mostró la lista de visitantes de Joe. Resulta que Charlie Santoro visitó a Joe el día que murió. Pero lo más interesante fue el otro visitante, una mujer. Según el guardia, esta misma mujer lo visitaba todos los jueves por la mañana y se quedaba un rato, ya me entiendes".

"¡Vaya! ¿Cómo se llamaba?"

"Te va a encantar esto... ¡*dijo que se llamaba Jamie Quinn!*"

"¿Qué demonios? Estás bromeando, ¿verdad?"

"Ojalá lo fuera, querida. Le pedí que describiera a esta dama misteriosa y no se parecía en nada a ti".

"¡Claro que no fui yo!" Me enfureció que alguien usara mi nombre de esa manera.

Duke se rió. "Eres graciosa cuando te enfadas".

"Vamos, Duke, me estás matando. ¿Quién era ella?"

"Odio decirte esto, Jamie, de verdad, pero fue Becca. "

CAPÍTULO 26

Jadeé con incredulidad... ¡Becca y Joe estaban durmiendo juntos! No podía superarlo.

"Habla de su relación de amor/odio", dije.

"No hay que imaginarse como actua la gente", dijo Duke, "así que dejé de intentarlo hace mucho tiempo. Aunque una cosa es cierta, cuando se trata de sexo o dinero, todas las apuestas están hechas".

Había aparcado en mi oficina, pero me quedé en el coche. Mi mente iba a toda velocidad.

"¿Sabemos por qué Charlie fue allí, porque me dijo que no había visto a Joe."

"Sí, el guardia dijo que trajo un montón de cosas de niños y se las dio a Joe en el vestíbulo. No subió a su apartamento", dijo Duke.

"Eso debe haber sido algo para la visita del viernes con los niños, pero igual mintió al respecto. Y, por lo que dices, parece que Becca tuvo muchas oportunidades de esconder un frasco de aspirinas lleno de somníferos en casa de Joe".

"Sí".

"Pero entonces, ¿por qué se molestó tanto cuando Nick le preguntó por el frasco de aspirinas?" Pregunté.

"¿Conciencia culpable? Sólo estoy adivinando".

Le confesé a Duke que no sabía qué hacer a continuación. Becca era mi cliente y tenía la obligación ética de no actuar en contra de sus intereses. Pero, con lo que sentía por ella ahora, mi única opción era retirarme del caso y cortar todos los lazos. Diría que teníamos diferencias irreconciliables, sin duda.

"Bueno", dijo Duke, "espero que no te importe que me quede en el caso. Me contrataron para encontrar pruebas que pudieran exculpar a Becca, y no he terminado de buscar. Todavía no me he ganado mi dinero, es lo que estoy diciendo".

"Por supuesto que deberías quedarte. Y estoy segura de que Susan Doyle seguirá aceptando representar a Becca, si se presentan cargos. Cielos, si sólo representara a gente inocente, tendría que cerrar sus puertas. Sabes, Duke, Susan podría ser una gran fuente de negocios para ti. Ella pidió específicamente por ti en este caso".

¿"Lo hizo"? Bueno, ¡aleluya por eso! "

"¿Un consejo?"

"Sí, ¿qué?"

"No coquetees con ella, y que no sepa que diriges todos tus negocios desde un bar", bromeé.

"¡Acepto!" Se rió. "Y gracias por el negocio. Sabía que un día me presentarías a todas las abogadas atractivas de la ciudad".

"Adiós, Duke. Y buena suerte. "

"Creo que la voy a necesitar", dijo.

Me sentí muy mal por Becca, y no porque hubiera matado a su marido, sino porque me habían engañado. Había trabajado tan duro por ella, y todo el tiempo me había estado mintiendo. Realmente odiaba pensar que Nick tenía razón, que me tomo las cosas demasiado a pecho y que mi sentido de la compasión es un obstáculo. Para ser sincera, ya no sabía qué pensar.

Pasé el resto de la tarde como en una niebla, en mi escritorio, redactando alegatos, escribiendo cartas y devolviendo llamadas telefónicas. Incluso comí en mi escritorio, pidiendo comida en lugar de salir de nuevo. Me alivió ver que tenía una mediación programada para el día siguiente. Hacer de mediador era realmente agradable, ya que se trataba de resolver problemas de forma creativa sin necesidad de preparación. Era muy satisfactorio ayudar a las parejas a resolver sus diferencias de forma civilizada. Y no asesinándose mutuamente.

CAPÍTULO 27

La mañana del viernes pasó volando; estaba muy absorta en el proceso de mediación. Estas sesiones son confidenciales, así que no puedo contarte los detalles, pero puedo decirte que todas las cuestiones importantes se resolvieron en la primera media hora. Y luego se necesitaron otras cinco horas para resolver los asuntos más importantes. Como dicen, el diablo está en los detalles.

Siempre hay una cosa que atasca el proceso justo al final, y es algo que nos parece estúpido al resto. Una vez fue una colección de DVD, otra vez fue un microondas, esta vez fue un arpa. Me he dado cuenta de que lo importante no es el objeto, sino lo que representa. Es un símbolo: de la última concesión que harán, la última pelea que tendrán, la última conexión entre ellos. Al alejarse de ese objeto trivial, tienen que afrontar el fin de su matrimonio y de todas las esperanzas y sueños que una vez tuvieron juntos. Es difícil.

Sé que no es un trabajo manual, pero la mediación puede ser bastante agotadora. Aunque me encanta, no podría hacerlo todos los días. Por eso pasé el resto de la tarde haciéndome la tonta, navegando por Internet y charlando con mis compañeros de oficina. Decidí investigar sobre la equitación para poder adelantarme (ja, ja) a mi gran cita con Kip, para la que faltaban menos de veinticuatro horas. Lo que buscaba eran consejos sobre cómo hacerlo, lo que encontré fue esto:

La lesión más común es la caída del caballo, seguida de las patadas, los pisotones y las mordeduras. Aproximadamente 3 de cada 4 lesiones se deben a caídas, definidas en sentido amplio. Una definición amplia de caída incluye a menudo el aplastamiento y la expulsión del caballo, pero cuando se notifican por separado, cada uno de estos mecanismos puede ser más común que la patada.

¡Gracias Wikipedia!

Sé que dije que quería salir de mi zona de confort, pero esto no es exactamente lo que tenía en mente. Creía que se entendía que nunca voy a saltar de un avión en perfecto estado; nunca voy a sumergirme en el océano con una bomba de oxígeno a la espalda sólo para ver los bonitos peces; y nunca voy a ir a un safari en el que me puedan comer los animales salvajes.

Empezaba a asustarme, pero entonces, me controlé. Después de todo, no iba a un rodeo, sino a un parque del condado. Si fuera una actividad peligrosa, no tendrían cabalgatas allí. (¡Piensa en los problemas de responsabilidad!) Y sabía que Kip me mantendría a salvo. Era el socorrista que más niños había salvado de ahogarse en la Isla de los Náufragos, así que evitar que una amiga descoordinada se cayera de un caballo sería fácil para él. Me alegro de tener un lado racional, porque si el lado debilucho y miedoso se apoderara de mí, me pasaría el resto de mi vida escondida bajo las sábanas. En serio.

Tenía una cita a las cinco para una pedicura (para que mis dedos estuvieran bonitos justo antes de que el caballo los pisoteara), y me estaba preparando para salir cuando Grace llamó.

"Hola Gracie, ¿qué hay de nuevo?"

"Jamie, acabo de hablar por teléfono con mi amigo del consulado y no vas a poder creer esto. Tu padre tiene una solicitud de visado pendiente para venir a los Estados Unidos. Lleva pendiente más de dos años, pero aun así, la tiene".

"¡Esto es increíble! Pero, ¿cómo es posible? Pensaba que sólo un ciudadano estadounidense podía hacer una petición en nombre de sus familiares. Alguien tendría que haber solicitado en su nombre... ¿no?"

"Alguien lo hizo, Jamie".

"¿Quién fue?"

"Su esposa".

CAPÍTULO 28

Me senté allí, sosteniendo el teléfono. No sabía qué decir. Estaba tan preocupada por la reacción de mi padre al enterarse de que tenía una hija que no había considerado que ya tenía una familia, una que estaba completa sin mí.

"¿Jamie, cariño? ¿Estás ahí?" Preguntó Grace.

"Sí, estoy aquí. Lo siento, estaba pensando. "

"Bueno, es una gran sorpresa, pero sigue siendo una buena noticia, ¿no?"

"Definitivamente", dije. "Es una excelente noticia".

"Hay más. La esposa de tu padre vive en Miami. Su nombre es Ana María Suárez, tengo su número. Podrías llamarla. "

"Um, no estoy segura de que sea una buena idea . Odiaría romper el matrimonio de mi padre antes de poder hablar con él".

"Buen punto. Por qué no lo piensas y, mientras tanto, te enviaré su información de contacto. ¿De acuerdo?"

"Muy bien. ¡Muchas gracias, Grace!"

"Cualquier cosa por ti. Oye, si no estás ocupada el próximo

sábado por la mañana, ¿quieres ser voluntaria conmigo en un banco de alimentos?"

"Claro, por supuesto", dije. Grace era tan bondadosa.

"¡Genial! Ya veremos los detalles la semana que viene. Diviértete con Kip mañana, quiero un informe completo, ¿me oyes?"

Me reí. "Te llamaré desde la sala de emergencias".

"Qué optimista", dijo Grace.

"Sólo soy realista".

Después de colgar, me senté en mi escritorio, sumida en la ensoñación. Todo se había complicado mucho últimamente, y nada era lo que parecía. Pensé que Becca era una víctima, y ahora parecía que ella era la mala. Pensaba que mi padre me había abandonado y resultaba que ni siquiera sabía que yo existía. Creí que podría llegar a él si lo encontraba, y ahora tenía que considerar los sentimientos de su esposa. Pensé que podría necesitar mi ayuda, pero ahora parecía que tenía todo bajo control. Tal vez debería dejar de pensar tanto. Tal vez sólo estaba cansada de mi mediación. Tal vez una agradable y relajante pedicura era justo lo que necesitaba.

Resultó que sí.

Era sábado por la mañana y estaba tratando de decidir qué se usa para ir a montar a caballo. Después de examinar las escasas opciones que ofrecía mi armario, opté por una camisa de manga corta, unos vaqueros y unas zapatillas de deporte. Estaba demasiado excitada y emocionada para comer, así que me tomé un café y me guardé una barrita de cercales para más tarde. Sólo eran las 11:30 y no habíamos quedado en el parque hasta la una, así que tenía tiempo de sobra. De repente recordé que el funeral de Joe era esa mañana, lo que me hizo pensar en sus pequeñas. ¡Pobrecitas!

Mi móvil empezó a sonar, lo que me sacó de mis casillas. ¿Por qué llamaba Duke? Acabábamos de hablar el día anterior.

"¡Tengo una historia para ti!", dijo, tan pronto como atendí.

"Hola a ti también".

"¡Hombre, Jamie, ese fue un gran funeral!"

"*¿Fuiste al funeral de Joe? ¿Por qué harías eso?*" Me quedé atónita.

"Soy un investigador, ¿no? Todos los amigos y la familia de Joe y Becca estaban en un mismo lugar... ¿se te ocurre una forma mejor de conseguir algunas respuestas?"

"Supongo que eso tiene sentido de una manera extraña. Colarse en los funerales me parece un poco exagerado, pero, oye, por eso no soy investigadora".

"Así que, escucha esto, estuve charlando con los amigos de Joe antes del servicio -ellos creen que soy su primo de Luisiana- y me contaron algunas cosas interesantes..."

"Continúa".

"Dicen que la razón por la que Becca y Joe se separaron fue que Joe estaba harto de que ella tomara pastillas. A ella le encantan las pequeñas ayudas de su madre: Xanax, Valium, Ambien, lo que sea. Lo que sea que pueda convencer a su médico para que le dé".

"Eso explicaría su tendencia a convertirse en zombi, pero ¿por qué es importante?"

"Te diré por qué, jovencita. Porque incluso después de decirle a Joe que había dejado las pastillas, siguió tomándolas, y no quería que él lo supiera".

"¿Y?"

"Entonces, ella las escondía como una ardilla en invierno. Creo que sé dónde estaba uno de sus escondites... a ver si lo adivinas".

"¡No! ¡Un frasco de aspirinas!"

"¡Bingo!"

"Así que, cuando Joe llegó a casa el jueves por la noche después de haber bebido demasiado, se tomó dos Ambien pensando que eran aspirinas, y no se despertó. "

"¡Dios mío! Pero aún no sabemos cómo llegó el frasco allí. "

"No, no lo sabemos".

"¡Guau! Estoy impresionada por eso. ¿Qué más dijeron sus amigos?" pregunté.

"Bueno, dijeron que el novio Charlie tenía una madre alcohólica y que siempre tuvo que ocuparse de ella".

"Eso explica muchas cosas. Es codependiente... por eso cuida de Becca y nunca se queja. "

"Sí. Ahora, pregúntame qué pasó después". Dijo Duke, repentinamente serio.

"¿Qué pasó después?"

"Becca se volvió loca, gritando y llorando, sin ningún sentido, y luego se desmayó y alguien llamó al 911. Cuando llegaron los paramédicos, se volvió loca de nuevo. Tuvieron que sedarla para meterla en la ambulancia. Oí que iban a aplicar la Ley Baker con ella, sea lo que sea. "

"Es una evaluación psicológica involuntaria en la que pueden retenerla hasta 72 horas. ¿Qué crees que le pasa... es culpa, o es pena? "

"No se sabe. También podrían ser problemas mentales o abuso de drogas. O todo lo anterior. "

"¡Qué lío! ¿Y dónde están sus hijos ahora?" Pregunté.

"Se fueron a casa con los padres de Joe. Ya llamé a Susan Doyle y le conté lo sucedido. Me pidió que siguiera indagando, que tratara de averiguar cómo acabó el frasco de aspirinas en casa de Joe. "

"Tiene sentido. ¡Ojalá pudiera estar allí cuando Nick se entere de que su principal sospechosa está en la sala de psiquiatría! Soy una persona enferma, ¿no? No respondas a eso. De todos modos, Duke, ciertamente te estás ganando tu dinero, sigue con el buen trabajo."

"Gracias, querida. Te lo agradezco. Entonces, ¿qué estás haciendo en este hermoso día?"

"Lo creas o no, voy a montar a caballo. Tengo una cita".

CAPÍTULO 29

Aunque T.Y. Park es uno de mis parques favoritos, Tradewinds Park es realmente la joya de la corona. Con casi cinco veces el tamaño de T.Y., es uno de los parques más grandes del condado de Broward y es el que más opciones ofrece. Además de las habituales zonas de juego, refugios y pesca, Tradewinds cuenta con una maqueta de tren de vapor, un campo de golf de discos voladores, una granja educativa y *el Mundo de las Mariposas*, un jardín tropical transitable con miles de mariposas vivas, un museo de insectos, un encuentro con loros, jardines botánicos y varias pajareras, incluida la mayor pajarera de colibríes de vuelo libre del país. Y no olvidemos los establos de caballos, a los que me dirigía ahora.

Estaba emocionada por ver a Kip, pero me preocupaba que pudiera ser incómodo después de todos estos años. Aunque seguíamos siendo esos adolescentes que se habían enamorado, al mismo tiempo éramos desconocidos. Es más difícil cuando se tiene una historia juntos porque no son las mismas personas que solían ser, por mucho que lo deseen. ¿Tiene algún sentido?

Pero todo eso se esfumó en cuanto vi a Kip de pie junto a

los establos, con el viento jugando con su pelo mientras acariciaba las crines de un hermoso caballo negro. Llevaba unos vaqueros de aspecto desgastado, unas botas bajas y una camiseta de los Rolling Stones, la misma que se había comprado cuando me llevó a ver a los Stones en Miami hace tantos años. ¡Lo pasamos tan bien en ese concierto! ¿Qué tal Kip? Ya estaba ganando puntos conmigo, y ni siquiera me había saludado.

Cuando me vio, me dedicó una gran sonrisa.

"Hola, Jamie. ¿Cómo estás? ¿Preparada para destrozar los senderos?"

"Estoy lista para romper algo". Dije con una carcajada.

"Bien, empecemos. ¿Quieres conocer a tu caballo? Esta es Star. Es muy dócil y conoce el camino de arriba a abajo".

"¿Cómo me hago amigo de ella, sobornándola con comida? El chocolate suele funcionar para mí."

Kip sonrió y sus ojos marrones se iluminaron. "Tendré que recordarlo. Así es como se presenta a un caballo. Se llama el 'apretón de manos del jinete'. Ofrécele el dorso de la mano para que lo huela y luego acarícialo en la nariz o en la cabeza".

Me acerqué al caballo con nerviosismo (por supuesto) e hice lo que me dijo Kip. Una vez que se acercó a mi mano con el hocico, me relajé. Después, Kip repasó los aspectos básicos: cómo montar a un caballo; dónde poner los pies en los estribos (sólo un tercio del recorrido, para no quedarse colgado en caso de caída); cómo sujetar las riendas (sin demasiada holgura); y cómo sentarse en la silla (el hombro, la cadera y el talón deben estar alineados). Me explicó que para hacer que el caballo avance, hay que apretar con las pantorrillas, y para hacer que el caballo se detenga o reduzca la velocidad, hay que sentarse bien en la silla y aplicar presión con las riendas. También puedes decir "whoa" (esa parte ya la conocía). Para hacer girar al caballo, debes tirar de la rienda izquierda o derecha hacia un lado y aplicar presión con la pierna exterior.

"¿Es todo lo que necesito saber?" pregunté. Mi estómago estaba lleno de mariposas, y no de las que había en el Mundo de las Mariposas.

"Una cosa más", dijo Kip. "¡No te olvides de respirar, Jamie, o te desmayarás y te caerás del caballo!" Me pasó el brazo por los hombros y me dio un apretón.

Eso me hizo sentir mucho mejor. Y no pude evitar notar que Kip olía tan bien como lo recordaba.

"*Hay* una cita de Thornton Wilder que me gusta", dijo Kip. "Cuando estás *a salvo en casa desearías estar viviendo una aventura; cuando estás viviendo una aventura desearías estar a salvo en casa.*"

Me reí. "¡Me encanta! Así es exactamente como me siento".

Practiqué cómo subir y bajar del caballo y repasé el ejercicio de cómo ir, parar, frenar y dirigir. Luego esperé con Star mientras Kip iba al establo por su caballo, un llamativo potro marrón rojizo llamado Webster. Webster parecía un poco más peleón que Star, como si no pudiera esperar a salir a la pista. En otras palabras, el caballo perfecto para Kip.

Tardamos una hora en completar el sendero que serpenteaba por una zona boscosa y sombreada. Estábamos rodeados a ambos lados de robles vivos, caobas y árboles de limbo, con su corteza roja y pelada. No es de extrañar que los llamaran "árboles turísticos". Algunos de los árboles estaban enterrados bajo sinuosas enredaderas de higos estranguladores que los ahogaban literalmente hasta la muerte. Parecían surrealistas, como una extraña pieza de arte moderno.

Mi planta favorita a diferencia era el café silvestre, que parecía estar por todas partes. Aunque no viéramos sus características bayas rojas y hojas brillantes en la maleza, no podíamos dejar de percibir el delicioso aroma a café que nos seguía por el sendero. Kip me dijo que el nombre en latín del café silvestre era *Psychotria nervosa,* y que a los pájaros y a la fauna silvestre les gustaba comer las bayas. Eso me hizo gracia. Le dije que me encantaría ver a la fauna silvestre excesivamente cafeinada.

Se rió. "Si crees que eso es gracioso, tienes que ir al Mundo de las Mariposas y ver las mariposas borrachas".

"¡Kip, te lo estás inventando!"

"¡Nunca mentiría sobre las mariposas borrachas! Esas locas dejan su fruta hasta que fermenta, y entonces se la comen y vuelan borrachas. Es divertidísimo! Por suerte, no hay depredadores dentro del Mariposario o estarían muertas."

Tal vez te preguntes por qué no he hablado aún de la cabalgata en sí. Es porque fue relajante y fácil, y no dio nada de miedo. No podría haber pedido un caballo mejor que Star. O un mejor guía que Kip. Mientras paseábamos, nos pusimos al día sobre la gente que conocíamos, nuestros trabajos y nuestras familias. A Kip le disgustó mucho saber que mi madre había muerto; los dos se llevaban muy bien. Afortunadamente, los padres de Kip seguían vivos y vivían en Sacramento, donde tenían una empresa de equipos médicos. Su hermano mayor, Chuck, estaba en Nueva York, dirigiendo una compañía de teatro off-Broadway. No le hablé a Kip de la búsqueda de mi padre; me parecía demasiado para una primera cita.

Estábamos llegando al final del sendero cuando Kip me lanzó una mirada que indicaba que no estaba tramando nada bueno. Gritó: "¡Aguanta, Jamie!" y luego le dio un golpe a Star en el trasero. Ella empezó a acelerar el ritmo y, antes de que me diera cuenta de lo que había pasado, ambos estábamos volando por el sendero. Fue aterrador. Pero también emocionante y divertido. Los caballos se detuvieron solos al final del camino. Para entonces, me quedé sin aliento y pensé que mi trasero no se recuperaría nunca de esa silla de montar tan magullada.

"¡Te voy a matar, Kip!" Me reí, "Si alguna vez descubro cómo bajar de este caballo".

Se estaba riendo mucho. "Eso no me da mucho incentivo para ayudarte, ¿verdad?"

Cuando me ayudó a bajar, me abrazó y me dio un beso. Yo le devolví uno.

"Esto de recorrer los parques contigo es divertido", dijo, mientras me acariciaba el pelo.

"Me alegro de que lo pienses", acepté con una sonrisa. Sí, me alegraba mucho.

"¿Qué te parece ir al parque de Quiet Waters conmigo el próximo sábado?"

Aguas Tranquilas sonaba lo suficientemente tranquilo, así que le dije que me encantaría. Entonces me miró de nuevo y supe que estaba en problemas.

"¡Excelente! Podemos probar el rixen de esquí".

"No estoy segura de que me guste cómo suena eso. ¿Qué es un ski rixen?"

"Se trata de estar de pie sobre unos esquís acuáticos y un cable te arrastra por un recorrido de una milla. Hay saltos y toboganes que puedes hacer por el camino. Es una pasada. Confía en mí, Jamie... ¡te va a encantar!".

Supongo que tendría que confiar en él.

CAPÍTULO 30

Estaba volando alto después de mi cita con Kip, tanto que no me importó en absoluto no poder dormir. No dormir forma parte de mí, por desgracia, pero esa noche me dio la oportunidad de revivir nuestro tiempo juntos, analizando cada palabra y cada gesto. No podía dejar de sonreír. Era increíble que me encontrara con él el único día que decidí hacer ejercicio, y aún más increíble que me invitara a salir. Oprah recomienda llevar un diario de gratitud y yo siempre quise empezar uno. Ahora sé exactamente lo que escribiría en él.

Mi insomnio también me dio tiempo para pensar en mi padre. Estaba tan cerca de encontrarlo, pero no me atrevía a contactar a su mujer. Ella ya tenía que estar pasando por muchas cosas, con él en Nicaragua y ella aquí, y teniendo que luchar por un visado para traerlo a los EE.UU. Lo último que necesitaba era que una mujer que dijera ser su hija perdida se sumara a sus problemas. Tendría que encontrarlo por mi cuenta... bueno, con la ayuda de Grace... pero no a través de su mujer. Simplemente no me parecía correcto.

Por suerte, era domingo, así que podía dormir hasta tarde. Planeé un almuerzo tranquilo, seguido de una intensa limpieza de la casa. Para ser una casa pequeña, se acumulaba mucha suciedad, por no hablar de los pelos de gato. Me levanté de la cama hacia el mediodía y me preparé un café. Estaba a punto de revolver unos huevos y preparar un poco de sémola de queso cuando Grace llamó.

"Cuéntame todo", exigió.

"¿No hay "Buenos días"? ¿Qué diría la señorita modales?"

"Ella diría: 'Es tarde, princesa, hora de levantarse'".

"Oye, ya llevo diez minutos levantada".

"Como sea. ¿Cómo fue tu cita? Supongo que no pasaste la noche en la sala de emergencias. ¿La pasaste en algún lugar más interesante? Cuéntalo."

"No, Grace", dije, mientras hervía el agua para mi sémola. "Anoche estuve en casa, aunque tuve compañía en la cama. Desgraciadamente, sólo fue el gato".

"Bueno, ¿te has divertido? ¿Hiciste otra cita? ¡Vamos, Jamie, me estás matando!"

Me reí. "Sí y sí. Lo pasé muy bien y vamos a volver a salir el próximo sábado. Kip es realmente genial". Dudé.

"Oigo un 'pero' en camino", dijo Grace.

"Bueno, es que... ¿cómo decir esto? ¡Él es tan interesante y yo soy tan aburrida! Kip es como el 'Sr. Aventura', siempre buscando una montaña que escalar, mientras que yo soy feliz pasando el día en Barnes and Noble. Se va a dar cuenta muy pronto."

Grace empezó a reírse tanto que tuvo que bajar el teléfono. "Jamie, cariño, si no se dio cuenta ayer, nunca lo hará".

"¿Descubrir que soy aburrida?" Me sentía un poco insultada, aunque lo había dicho primero.

"No, que eres lo contrario de un aventurero".

"Supongo que tienes razón", dije. "No se puede ocultar mi verdadero yo. Pero el próximo sábado iremos a *otro* parque, ¡esta vez a hacer esquí acuático!"

Grace se rió. "Definitivamente necesito fotos de eso. Tal vez para tu próxima cita, puedes llevarlo a Barnes and Noble".

"Muy divertido. ¿Crees que puedo aprender a hacer esquí acuático viendo YouTube? Si no, estoy en problemas. En serio".

"Estarás bien, yo soy la que está en problemas. Tengo ese gran juicio mañana. Creo que estoy preparada, pero ¿quién sabe?"

"Usa tu 'voz de la razón' y el juez tendrá que fallar por ti". Terminé de revolver los huevos y luego espolvoreé el queso sobre la sémola.

"Es un juicio *con jurado* y mi cliente es tan odioso que todos lo odian. Incluido yo. Desearía no tener que subirlo al estrado".

"Bueno, esto es lo que yo haría. Ponlo en el estrado de inmediato y termina con él. Luego, continua con tu testigo más encantador y el jurado se olvidará de él. La primera impresión no importa tanto como la última".

"¡Me gusta!" Dijo Grace. "Ahora sólo necesito encontrar un testigo encantador".

Antes de colgar, le deseé suerte. Me dijo que si no tenía noticias suyas después del juicio, significaba que había perdido y que se estaba replanteando sus opciones profesionales. Tal vez se mudaría a Alaska y entrenaría para el Iditarod.

Comí mi brunch en el patio, disfrutando del calor del mediodía así como de la ligera brisa que insinuaba el otoño. Los cambios de tiempo son sutiles en el sur de Florida, pero los apreciamos; a diferencia de los turistas, que creen que aquí es verano todo el año. Otra ventaja de sentarse fuera era que podía ignorar mi casa sucia, o fingir que era la de otra persona.

Mi teléfono zumbó con un mensaje de texto y traté de

resistirme a mirarlo. Me gustaría poder dejar el hábito del teléfono, pero no puedo… soy totalmente adicta. Si hubiera un programa de doce pasos, pensaría en hacerlo, pero, sinceramente, prefiero renunciar al chocolate que a mi teléfono. Esperé veinte segundos enteros antes de decidirme a leer el mensaje. Era de Duke.

¿Todavía estás en una cita, querida? ¡¡Vamos, chica!!

Si estuviera en una cita, ¿realmente crees que te enviaría mensajes de texto?

Claro, si necesitas mi consejo de experto.

Nunca va a suceder.

Vale, pero esa oferta no caduca. Oye, ¿sabes dónde está Charlie Santoro? No puedo encontrarlo.

Ni idea. ¿En casa de Becca? Envié un mensaje de texto.

No, todavía está en la sala de psiquiatría. Y Charlie no contesta su teléfono.

Ojalá pudiera ayudarte, Duke.

A mí también. Tengo la sensación de que sabe más de lo que cuenta.

Podrías tener razón.

¿No la tengo siempre?

Eres una leyenda en tu propia mente. Tengo que irme ahora.

Adiós, Sra. Escudero.

Duke tenía razón: si alguien sabía cómo había acabado ese frasco de aspirinas en casa de Joe, probablemente era Charlie. Como había estado viviendo en casa de Becca durante los últimos meses, me pregunté dónde habría ido, pero eso ya no era mi problema. Lo que *era* mi problema era una casa que necesitaba desesperadamente una limpieza.

Estaba a punto de sacar la fregona y el aspirador cuando mi vecina Sandy se acercó y me invitó a ir al mercado agrícola de Yellow Green. La idea de los productos frescos, los zumos exóticos, el puesto de quesos Amish (con muestras gratuitas) y la música suave en directo era demasiado para resistirse. Cerré la puerta de mi sucia casa y la dejé fuera de mi vista, fuera de mi mente por el resto del día.

exóticos, el puesto de quesos Amish (con muestras gratuitas) y la música suave en directo era demasiado para resistirse. Cerré la puerta de mi sucia casa y la dejé fuera de mi vista, fuera de mi mente por el resto del día.

CAPÍTULO 31

EL LUNES POR LA MAÑANA ME ENCONTRÉ DE NUEVO EN EL
trabajo, pero no exactamente trabajando. Empecé lentamente,
navegando por la web, leyendo las noticias, mirando Facebook…
básicamente, cualquier cosa que pudiera hacer para evitar el
trabajo. Soy una maestra de la procrastinación, pero, como
cualquier habilidad adquirida, me llevó años de práctica.

Estaba disfrutando de mi soledad mañanera cuando Lisa
irrumpió en mi despacho, claramente angustiada.

"¡Jamie, hay un vagabundo loco en el vestíbulo y no se va!
Dice que tiene que hablar contigo. ¿Qué debo hacer? ¿Llamar a
la policía?"

"Está bien, Lisa, iré a ver qué quiere. ¿Por qué no esperas
aquí?"

Estaba un poco nerviosa, lo admito. Ser abogada de
divorcios no es el trabajo más seguro del mundo, sobre todo
teniendo en cuenta que dos de mis colegas habían sido
asesinados por litigantes furiosos en los últimos años. Por algo
se habían instalado detectores de metales en todos los juzgados,
era necesario.

Me asomé al vestíbulo y vi a un joven desaliñado que se paseaba de un lado a otro, como si no pudiera quedarse quieto. No lo reconocí hasta que giró para mirarme.

"¿Charlie? Dios mío, ¿qué te ha pasado?"

Dejó de pasearse, pero todavía tenía una mirada salvaje en sus ojos.

"Necesito hablar contigo. Por favor, ¿puedo hablar contigo?"

"Claro, Charlie, pero ¿qué tal si primero te traigo una botella de agua y un bocadillo? ¿Tal vez un café?"

Sacudió la cabeza.

"Entonces, ¿por qué no nos sentamos aquí y me cuentas lo que piensas? Nadie nos molestará".

Nos sentamos en sillones contiguos y esperé, pero Charlie no dijo nada. Se limitó a mirar sus zapatos. No sabía qué temas eran seguros, ni qué podía querer de mí, así que no dije nada. Le habría dado dinero para comida, o lo habría remitido a un proveedor de salud mental, si eso era lo que quería. Seguro que parecía que lo necesitaba.

"Entonces... ¿qué pasa, Charlie?" Pregunté, después de que pasaran varios minutos.

Cuando empezó a hablar, las palabras salieron volando de su boca. "La quería tanto", dijo, fijando sus ojos en mi cara. "Hice todo por ella, pero no le importó. No importaba lo que hiciera, no era suficiente, nunca fui lo suficientemente bueno. Ella me utilizó, como utilizó a todo el mundo".

No estaba segura de si se refería a Becca o a su madre.

"También te utilizó a ti, Jamie", afirmó Charlie con rotundidad.

Vale, estaba hablando de Becca.

"¿Qué ha pasado?" Pregunté.

De repente, Charlie comenzó a sollozar incontroladamente y parecía un niño pequeño. Ahora me encontraba en terreno conocido; si hay algo que se me da bien es consolar a la gente que llora. Le di unas suaves palmaditas en la espalda.

"Está bien, Charlie", dije con voz tranquilizadora. "Todo va a estar bien".

Vi a Lisa asomarse por la esquina y le hice un gesto para que trajera una botella de agua, lo que hizo rápidamente.

Charlie tomó un sorbo de agua y luego, con voz desgarrada, continuó: "Fue el sábado -antes del funeral- Becca estaba llorando. Me dijo que nunca había dejado de querer a Joe y que yo nunca sería tan bueno como él. Luego empezó a gritarme que me fuera porque no soportaba mirarme. " Las lágrimas caían sin control por la cara de Charlie.

Asentí con empatía. "Debe haber sido duro. ¿Dónde has estado durmiendo desde el sábado, Charlie?" pregunté.

"En mi coche". En ese momento, empezó a balancearse hacia adelante y hacia atrás y pensé que podría desmayarse, pero no lo hizo. Entonces, con una voz tan baja que podría haber estado hablando consigo mismo, dijo: "Sólo quería hacerla feliz. Me esforcé tanto... y nunca se lo dije a nadie..."

¡Ah! Aquí vamos. "¿No le dijiste a alguien qué, Charlie?"

"Sobre sus pastillas. ¡Tomaba tantas pastillas! Cuando las tiraba, iba a comprar más. Decía que dejaría de hacerlo, pero era mentira. "

"¿Sabes si escondió sus pastillas para dormir en un frasco de aspirinas?"

Charlie asintió.

"¿Joe se las llevó con él?"

Cuando Charlie volvió a asentir, parecía que apenas se mantenía en pie.

"¿Fue un accidente?" Pregunté.

No hubo respuesta.

"¿Charlie?" Ahora estaba segura de que Becca le había dado

esas pastillas a Joe. Toda esa culpa y remordimiento la habían carcomido hasta que tuvo una gran crisis en el funeral.

Charlie respiró profundamente. Cuando habló, lo hizo apenas por encima de un susurro.

"No se suponía que lo matara", dijo Charlie, "sólo que lo estropeara un poco, para que Becca pudiera obtener la custodia de las niñas. ¡No debería haberla amenazado así! Intenté hablar con él, pero no paraba, no paraba de hablar. Fue su propia culpa, se lo hizo a sí mismo".

"¿Y por eso lo hizo Becca?" Pregunté.

Charlie me miró con ojos muertos.

"No, Jamie. Por eso lo hice yo".

CAPÍTULO 32

Me quedé sentada en silencio, atónita. Aunque muchas personas me han contado sus secretos a lo largo de los años (a veces mientras estoy en el supermercado ocupándome de mis propios asuntos), nadie me había hecho una confesión así. No sé por qué Charlie decidió contármelo (me gusta pensar que es porque sé escuchar), pero me puso en un aprieto.

¿Qué debía hacer con esta información? ¿Llamar a Susan Doyle? Seguro que no iba a llamar a Nick Dimitropoulos. Consideré brevemente llamar a la línea de ética del Colegio de Abogados de Florida, pero decidí no hacerlo. ¿Qué iba a decir? ¿Que el ex-novio de mi cliente me acaba de decir que mató accidentalmente a un antiguo amigo que también era el marido de su ex-novia para ayudarla a conseguir la custodia? Dudo que haya una norma que cubra eso, o incluso una opinión del Fiscal General. Finalmente, simplemente le pregunté a Charlie.

"¿Qué vas a hacer ahora?"

"Entregarme", dijo solemnemente sin dudar.

"¿Por qué?" Pregunté, "Quiero decir..."

"Sé lo que hice y tengo que asumirlo. Y no quiero que Becca cargue con la culpa".

"¿Después de todo lo que te ha hecho?" Estaba incrédula.

"Sí", dijo Charlie, y se levantó para irse. Nos dimos la mano y me dio las gracias por haberlorecibido. Parecía tan perdido que era realmente desgarrador. Cuando estaba a punto de salir por la puerta, se dio vuelta y dijo: "Sé que no tiene ningún sentido, pero todavía la quiero". Y luego se fue.

Todos aceptamos las consecuencias de malas decisiones. La mayoría de las veces, todo sale bien y no pasa nada malo. Pero está Charlie, hijo de una madre alcohólica, destinado a terminar con una mujer tan desordenada como su madre, y toma una decisión realmente mala. Le da a Joe pastillas para dormir que parecen aspirinas. Si Joe no hubiera estado bebiendo, las pastillas no lo habrían matado, pero lo estaba, y lo hicieron, y ahora Charlie tiene que vivir con eso.

Cuando le conté a Duke lo de Charlie, se mostró comprensivo. Como Duke tampoco puede resistirse a ayudar a una damisela en apuros, pudo sentir compasión. La diferencia es que Duke no mataría a nadie. Al menos, no creo que lo haga. No, por supuesto que no lo haría.

Susan Doyle se tomó la noticia con calma, por supuesto. Cuando le pregunté por Becca, Susan me dijo que la habían metido en un programa de rehabilitación de drogas por 30 días. También me dijo que la evaluación psicológica indicaba que Becca tenía un posible trastorno de personalidad múltiple, lo que me pareció que explicaba muchas cosas. Dijo que una defensa por locura habría sido un éxito. En cuanto a Charlie, pensó que sería acusado de homicidio por negligencia. Dijo que podría haber sido mucho peor.

Después de colgar con Susan, Lisa se asomó a mi despacho para hacerme una pregunta. Me dijo que estaba tan impresionada por cómo había manejado a Charlie que estaba pensando en cambiarse a la asesoría de salud mental cuando volviera a estudiar. Quería mi opinión.

"¿Crees que te hará feliz?" Pregunté.

Ella asintió y sonrió.

"¡Entonces deberías hacerlo!" Dije, con la esperanza de que no tuviera más ganas de llorar.

Tenía que hacer una llamada más. En realidad, no tenía que hacerla, sólo quería hacerla.

"Aquí Nick Dimitropoulos".

"Odio decir que te lo dije..."

"Eso es mentira, Quinn. Te encanta decirlo. ¿Por qué si no ibas a llamarme?"

Me reí. "Me encanta decirlo, especialmente a ti. Te has vuelto a equivocar de hombre, Nick. ¿Qué se siente? Quizá deberías comprarte una Bola 8 Mágica para pedirle consejo".

"Quizá deberías preguntarte cómo sigues metida en casos de asesinato", me espetó.

"Me lo pregunto. Y sinceramente no lo sé".

"Deja de preocuparte tanto. Eso podría servir", se rió.

"Veré lo que puedo hacer", dije. "Mientras tanto, si necesitas lecciones de empatía, ya sabes dónde encontrarme".

"Sí, eso pasará, Quinn. Nos vemos en otro año".

"Espero que no, pero no te lo tomes como algo personal".

"Nunca lo hago", dijo.

CAPÍTULO 33

No quiero que pienses ni por un momento que con todo lo que está pasando, he dejado de obsesionarme con mis cosas. Al contrario. Los equipos de debate que competían en mi cabeza eran incansables, no se tomaban un descanso. *¿Debería contactar con la mujer de mi padre? ¿Y si arruinaba mi única oportunidad de conocerlo? ¿Debería preocuparme por mi próxima cita con Kip? ¿Y si se daba cuenta de que yo era una aburrida hogareña? ¿Y qué hay detrás de la puerta número 2? ¿Es una cabra o un coche nuevo?* A esos tipos les encantaba discutir, pero nunca tenían respuestas para mí.

En cuanto a contactar con la mujer de mi padre, Ana María Suárez, estuve dando vueltas, haciendo listas de pros y contras hasta que finalmente me dejé llevar por mi instinto. No podía imaginarme poniéndome en contacto con ella, así que decidí esperar hasta que Grace me consiguiera su dirección en Nicaragua. Entonces le escribiría.

En cuanto a Kip, el problema se resolvió solo. El viernes por la noche, Kip me llamó para decirme que el pronóstico para el sábado era de chubascos, por lo que no podríamos ir a esquiar al agua. Me quedé destrozada porque pensé que cancelaba nuestra cita, o al menos la posponía, pero no fue así.

"Entonces, Jamie", dijo, "¿qué te parecería ir a Coral Cliffs en su lugar? Al menos no nos mojaríamos".

Sabía exactamente lo que era: ¡un rocódromo cubierto! De ninguna manera en este planeta iba a escalar una pared (no es que pudiera hacerlo de todos modos) porque me aterrorizan las alturas. Era el momento de presentarle a Kip mi verdadero yo.

"Kip, realmente quiero pasar tiempo contigo y no importa a dónde vayamos, pero tengo que ser honesta... no me gustan las alturas. De ninguna manera. Todo lo que puedo hacer es estar de pie en la encimera de mi cocina para alcanzar el estante superior. Pero estaré feliz de verte escalar".

Comenzó a reírse y fue el sonido más hermoso del mundo.

"¡Ahora lo recuerdo! Cuando hacíamos concursos de buceo en la Isla de los Náufragos, tú eras siempre el juez. Lo siento, Jamie, eso fue muy desconsiderado de mi parte. ¡Quiero pasar el rato contigo, no aterrorizarte! ¿Qué te gustaría hacer?"

Yo también me reí. "Ya que estoy siendo sincera sobre mis defectos de carácter, tengo que decirte que, en general, soy un poco cobarde. Además, no soy muy atlética. Y me tropiezo mucho, pero sólo porque no estoy prestando atención. Ahora, ¿todavía quieres salir conmigo?"

"¡Más que nunca!" Dijo Kip. "¿Cómo puedo resistirme a una chica con tantas buenas cualidades?"

No podía dejar de sonreír. "Me estoy aventurando, pero ¿qué te parecería ver una película? Puede ser una película de acción, me encanta ver a *otras* personas ser temerarias".

"Sólo si podemos ir a cenar y hablar primero. ¿Quién sabe? Tal vez me reveles más secretos oscuros".

"Trato hecho. Será mejor que piense en algo antes de eso", dije. "O tal vez podrías revelar algunas de las tuyas. Eso sí que sería interesante".

"Sólo si me las invento", dijo Kip. "¿Te recojo a las seis?"

"¡Perfecto! Estoy muy ansiosa. Ah, y soy vegetariana -pescatariana, en realidad-, se me olvidó mencionarlo".

"De acuerdo, nada de asadores brasileños entonces. Entendido".

"Pero está bien si quieres comer carne delante de mí, no me importa".

"Entonces, mientras no te haga escalar una pared o comer carne, estamos bien", se rió.

"Sí, estaremos bien", dije.

"De acuerdo", dijo con una voz grave que me puso la piel de gallina. "Nos vemos mañana, Jamie".

"Buenas noches, Kip."

Así era como se sentía la felicidad. Casi lo había olvidado.

CAPÍTULO 34

Aunque estaba deseando hacer el voluntariado en el Banco de Alimentos a la mañana siguiente, me alivió que no fuera hasta las diez, para poder quedarme en la cama un rato más. Por alguna razón, el único sueño reparador que tenía era el de las mañanas. Te dije que era rara.

Oí que Grace tocaba el claxon, pero la ignoré, incorporando el sonido a mi sueño. No fue hasta que ella golpeó la puerta principal que finalmente me desperté. ¡Maldita sea! Mis extraños hábitos de sueño eran tan irritantes. Me puse una bata, la dejé entrar sin decir nada y me dirigí inmediatamente al baño, donde me cepillé los dientes a toda prisa, me lavé la cara y controlé mi cabello que había estado apoyado en la cama lo mejor que pude.

"Lo siento", dije entre dientes, mientras me ponía algo de ropa. "No he dormido".

"Parecía que estabas durmiendo cuando toqué la bocina". Me hizo una mueca, luego fue a la cocina y me sirvió un vaso de zumo. Tras rebuscar en los armarios y no encontrar nada, tomó un plátano de la encimera y dijo: "Me estás retrasando, mujer, vámonos ya. "

Me desperté en el camino hacia el Broward Outreach Center. Mientras conducía, Grace me explicó que se trataba de un refugio para mujeres y niños sin hogar, que también tenía un banco de alimentos. Siempre estaban buscando voluntarios para clasificar y organizar el banco de alimentos, pero también necesitaban voluntarios en el refugio, incluyendo personas que ayudaran a los niños con sus tareas. Hablamos de hacer eso otro día, aunque mis conocimientos de matemáticas estaban bastante oxidados. Si vieras mi chequera, lo entenderías.

Grace me preguntó si había tomado una decisión sobre Ana María Suárez, la mujer de mi padre, y le dije que había decidido no llamarla. Grace ni siquiera discutió conmigo, simplemente lo dejó pasar. Eso era inusual en ella, pero supuse que volvería a sacar el tema más tarde.

Antes de ir a trabajar al banco de alimentos, Grace y yo visitamos las instalaciones, que nos parecieron impresionantes. Tenía 18.000 pies cuadrados y 120 camas, incluidas las habitaciones familiares para que las madres no estuvieran separadas de sus hijos. También ofrecían clases de habilidades para la vida, laboratorios de educación, asesoramiento, tratamiento de drogas, servicios profesionales y acceso a instalaciones médicas para estas familias sin hogar.

Estoy segura de que hay mucha gente a la que le gustaría ayudar a los menos afortunados de forma práctica, pero simplemente no saben cómo hacerlo. Lo que quiero decir es que rara vez entramos en contacto con personas que necesitan ayuda, a menos que sean nuestros vecinos, compañeros de trabajo, amigos o familiares. El voluntariado en un refugio para personas sin hogar o en un banco de alimentos nos pareció una forma excelente de echar una mano, y Grace y yo nos comprometimos a hacerlo más a menudo.

Mientras organizábamos la despensa con productos enlatados, arroz, pasta, cereales y mantequilla de cacahuete, Grace no paraba de mirar el reloj y de echarme miradas de reojo. La ignoré. Supuse que me contaría lo que ocurría cuando estuviera preparada. A las 11:30, se levantó de un salto y salió de la habitación sin dar explicaciones. ¿A dónde diablos fue? ¿Al baño? Lo siguiente que sé es que volvió a la habitación con una mujer rubia de aspecto amable y estaban charlando animadamente. Grace me señaló y dijo: "¡Ella es Jamie!"

La mujer me toma de las manos y me levanta del suelo en un fuerte abrazo. Me sujeta como si fuera un salvavidas y estuviera a punto de saltar del barco. No tengo ni idea de lo que está pasando. Empieza a llorar y a murmurar "mi cariño, mi corazón", y luego se retira para examinar mi cara.

"¡Dios mío! Mírate... ¡eres idéntica!" Y se pone a llorar.

"Lo siento, no quiero ser grosera pero, ¿quién eres? ¿Idéntica a quién, exactamente?"

"¡A tu padre, dulce niña! ¡Te pareces a él!"

Aturdida, miro a Grace, que sonríe tanto que seguramente se le va a congelar la cara así.

"¿Es... ella?" Tartamudeo.

"Te presento a Ana María Suárez, la directora del refugio." Grace me hace un guiño. Es su mejor truco.

Me vuelvo hacia Ana María con lágrimas en los ojos. La miro a la cara y lo único que veo es un amor incondicional hacia mí, una total desconocida. Le devuelvo un fuerte abrazo. Nunca hay demasiada gente a la que amar en este mundo. O gente que te corresponda.

Grace sorbe y se limpia los ojos. "Jamie, ¿pueden tú y Ana María venir conmigo, por favor?"

A estas alturas, me limito a hacer lo que me dicen; de todos modos, dudo que pueda decir algo coherente. Entramos en otra habitación y, de alguna manera, allí están mi tía Peg, mi primo

Adam y Duke, y todos aplauden y animan. Grace me hace girar y hay un monitor gigante en la pared. Y en ese monitor un hombre está saludando y sonriendo. Es *mi padre*. Creo que mi corazón va a explotar. Parece mucho más viejo que en la foto que me dio Duke, pero sin duda es él.

"Hola, Jamie", dice, ahogándose. "Estoy tan feliz de verte que no tengo palabras para expresarlo".

"Yo también", digo. He esperado toda mi vida para encontrar a mi padre y todo lo que puedo decir es "yo también".

"No puedo creer que seas tú de verdad", consigo decir antes de romper a llorar.

Él también se emociona. "Descubrir que tengo una hija es como un regalo de Dios, Jamie. Tenemos tanto que hablar. "

"Sí, lo haremos", digo con un nudo en la garganta. "¿Por dónde empezamos?"

Querido lector,

Esperamos que hayas disfrutado leyendo *El caso del divorcio asesino*. Tómese un momento para dejar una reseña, incluso si es breve. Tu opinión es importante para nosotros.

Atentamente,

Barbara Venkataraman y el equipo de Next Chapter

SOBRE EL AUTOR

La galardonada autora Barbara Venkataraman es abogada en el sur de Florida, donde se inspira para sus libros en los titulares diarios. Le encanta conectar con los lectores a través de sus libros y encuentra un tipo de alegría especial en una frase bien escrita. Además de escribir ficción, es coautora de *Accidental Activist: Justice for the Groveland Four* (*Activista accidental: Justicia para los* cuatro de Groveland) con su hijo Josh Venkataraman, sobre su exitosa búsqueda de cuatro años para obtener indultos póstumos para los cuatro de Groveland.

El caso del divorcio asesino
ISBN: 978-4-82414-229-0

Publicado por
Next Chapter
2-5-6 SANNO
SANNO BRIDGE
143-0023 Ota-Ku, Tokyo
+818035793528

7 abril 2022

9 788482 414229 0